Rāja - Sanskrit : *König, Fürst*

Bibliografische Information der Deutschen Nationalbibliothek
Die Deutsche Nationalbibliothek verzeichnet diese Publikation in der
Deutschen Nationalbibliografie; detaillierte bibliografische Daten sind im
Internet über http://dnb.d-nb.de abrufbar.

Copyright © 2007 Christopher Poeplau
Herstellung und Verlag:
Books on Demand GmbH, Norderstedt
ISBN 978-3-8334-9830-5

Cover Hintergrund: Rostige Oberfläche, Wien Heiligenstadt
Cover Bild: Sadhu, Fort Cochin

Gewidmet meiner Familie

Inhalt

„Diejenigen die dämonisch sind, wissen nicht, was getan
werden muss, und was nicht getan werden darf. In ihnen ist
weder Sauberkeit, noch richtiges Verhalten, noch Wahrheit
zu finden.“

- Bhagavad Gita-

Prolog

Stille. Endlich wieder Stille. Ich atmete die frische Luft und blickte in das sich vor mir erstreckende Tal. Der dichte Wald legte sich wie ein Teppich über die steilen Hänge. Eine mehrere hundert Meter lange Pipeline, die mit einer mächtigen Turbine in der Talsohle endete, das Mahatma Gandhi Wasserkraftwerk, wie man mir gesagt hatte, zog sich wie eine gewaltige Vene den Hang hinab und zerschnitt das dichte Grün. Aus irgendeinem Grund schien das Kraftwerk an diesem Tag nicht in Betrieb zu sein, denn es hüllte sich in behagliches Schweigen. Stille, die besonders nach einigen Tagen im städtischen Chaos von Mysore ein Balsam für überanstrengte Organe war. Nachdem ich in der alten Königsstadt, der Metropole für Sandelholz, Räucherstäbchen und ajurvedische Öle das neue Jahr begonnen hatte, zog es mich zurück in die Berge. Mein Weg führte mich zwei Tage durch das rurale Karnataka. Ich passierte völlig verwahrloste, und aus allen Nähten platzende Provinzstädte und Dörfer, in denen omnipräsente Kühe omnipräsente Müllberge nach dem schmackhaftesten Plastik durchsuchten, durchquerte eine meist karge, landwirtschaftlich genutzte Steppe, bevor es in nicht enden wollenden Serpentinen durch frische Teak-Wälder hinauf in die Berge ging. Destination Jog Falls, die höchsten Wasserfälle Indiens, gelegen in einer malerischen Mittelgebirgslandschaft, dem eigentlichen Übergang von den Westghats in das nördlich angrenzende Dekkan- Plateau.
Gerade hatte ich mir von einer beleibten „*Amma*" ein Omelett braten lassen und genoss nun die ersten Sonnenstrahlen und den herrlichen Blick.
Eine gute Zeit, um einige Worte niederzuschreiben, beschloss ich und öffnete mein Buch. So getan, fiel mir ein loses Stück Papier in die Hände.
„Jonathan wünscht der Familie Poeplau Frohe Weihnachten und ein glückliches Neues Jahr!" stand dort in schwer lesbaren Lettern.

Sofort formte sich ein Bild vor meinem inneren Auge und ich musste schmunzeln.

Ich erinnerte mich an einen Morgen in Munnar, einem herrlich grünen Städtchen im Herzen Keralas. Auf den Bus wartend wurde ich von eben jenem Jonathan, der wie viele Inder in jenem Bundesstaat Christ mit markant christlichem Namen war, sehr gut unterhalten.

Nach dem üblichen Eingangsgespräch, also einem mehrmaligen Händeschütteln, der Frage nach dem „good name", nach Familienstand und Geschwisterzahl, Profession und Grund des Indienbesuchs, zückte er völlig euphorisch Papier und Stift. Zu meinem Erstaunen wollte er, dass ich ihm jene Grußworte auf Deutsch buchstabierte und schrieb sie nieder, mit dem Auftrag, dies meiner Familie zu überbringen. Anschließend forderte er mich auf, gleiches für ihn zu tun. Glücklicherweise auch auf Deutsch. Die Namen seiner drei Kinder und seiner Frau mussten natürlich einzeln aufgezählt werden. Das gesamte Procedere dauerte etwa 20 Minuten. Eine willkommene Verkürzung der Wartezeit und eine Menge Spaß am Morgen. Ich konnte mich nicht erinnern, in diesem Land jemals so etwas wie Langeweile beim Warten auf ein Verkehrsmittel empfunden zu haben.

Irgendeine verrückte Szenerie oder auf die eine oder andere Weise an mir als Fremden interessierte Menschenmenge bot sich immer.

Meistens genoss ich diesen Umstand, allerdings hatten jene „same same but different"- Schwafeleien und die immer und immer gleichen Gespräche vor allem mit den indischen Touristen, die stets sehr viel extrovertierter als die Einheimischen waren, mittlerweile fast ihren Reiz verloren und ließen mich trotz ausreichend Gesellschaft ein wenig vereinsamen.

Das Händeschütteln und Austauschen von Adressen, gewürzten Ananasscheiben, Feuerzeugen oder Münzen, hatte zwar eine äußerst kommunikative und amüsante Komponente, und es entstanden stets für beide Parteien sehr lustige Situationen, allerdings verliefen irgendwann Vergnügen und Häufigkeit jener Begegnungen antiproportional zueinander. Die Dosis machte auch hier die Droge zum Gift.

Gerade erst gestern, nachdem ich die anstrengende Busfahrt hinter mich gebracht hatte, und anschließend hinunter in die Schlucht kletterte, kamen mir auf meinen Weg Scharen von strahlenden Gesichtern entgegen, die sich darum zu schlagen schienen, wer mir denn nun zu erst die Hand geben dürfe.
Wie von Band leierte ich den immer gleichen Text hinunter, bis ich schließlich meinem verdutzten Gegenüber, ohne ihn je zu Wort kommen zu lassen mit den Worten „Fine, Chris, Germany, Yes, very nice" die Gesprächsgrundlage raubte.
Man stumpfte ab, was mir zwar um jeden Einzelnen leid tat, der die sich ihm selten genug bietende Gelegenheit nutzen wollte, mit einem außerindischen Wesen ein paar Worte zu wechseln, aber das Mengenverhältnis jener Individuen zu Meinesgleichen ließ dies einfach nicht zu, falls man nicht vorhatte, sein ganzes Leben mit Grußfloskelaufsagen zu verbringen.
Umso mehr wusste ich nun das mich anschweigende Umfeld zu schätzen. Vermutlich würden erst in ein paar Stunden die ersten Busse mit den ausgelassenen Trophäenjägern, denn genau als solche verstanden die Inder einen Ort wie diesen, das „Jog Base Camp" erreichen. Die meisten von ihnen kamen aus Mangalore, Bangalore, Mysore oder anderen südlichen Großstädten, und machten hier Halt auf ihrer 3-tägigen Odyssey durch den gesamten Süden.
Meistens handelte es sich um organisierte Busreisen, die auf bunten Schildern mit spektakulären Zielen, extrem niedrigen Preisen und extrem klimatisierten Vehikeln ihre Kunden für einige Tage aus dem Moloch Stadt lockten.

„Auf in die atemberaubenden Ghats, die letzten Familienfotos sind schon eine Weile her!" Ein in den Bergen auffallend häufiges Klientel waren außerdem frisch vermählte Paare, die ihren „honeymoon" in einer der so romantisch anmutenden Hüttchen verbrachten, und den Grundstein für die nächste Großfamilie zu legen suchten. Die Regierung hatte daraufhin entlang des Weges hinauf ins Bergidyll ganz dezente Botschaften wie „Please use condoms" oder ähnlich Amüsantes an gut sichtbaren Stellen auf die Felsen sprühen lassen. „Wehe ihr reproduziert euch, wir haben doch schon genug!".

Auch ich hatte mich einmal aus Interesse in das vermeintliche Vergnügen einer solchen organisierten Bustour begeben, war allerdings schließlich froh, dass es sich um ein eintägiges Angebot gehandelt hatte.
Auf mir absurd erscheinende Weise lieferte man sich verbissene Kämpfe um absolute Lappalien, und bereitete sich selbst an den wenigen Tagen im Jahr, an denen man sich einen solchen Ausflug leisten konnte, gegenseitig Kopfschmerzen.
Ich hatte allerdings schon längst aufgehört, mich über das oft kindische Verhalten der Menschen zu ärgern, und betrachtete jene Situationen als scheinbar unüberwindbare kulturelle Unterschiede. Wenn man in dieser Gesellschaft und besonders in einer der hoffnungslos überbevölkerten Städte aufwuchs, war ein starker und oft einsetzbarer Ellenbogen sicherlich unumgänglich. Man lernte früh für sein Recht zu kämpfen, und seien es nur die Sitzplätze im Bus.

Jedenfalls sehnte ich mich nach den mittlerweile etwa 6 Wochen Reise, in denen ich zwar auf viele interessante Menschen getroffen war, von denen auch einige, wenn auch überwiegend Reisende, zumindest annähernd auf meiner Wellenlänge lagen, nach ein wenig Tiefgang. Nach bereichender zwischenmenschlicher Interaktion. Nach Qualität statt Quantität.

Es gab noch eine andere Sache, die mich seit einigen Tagen beschäftigte. In Bälde würde mein Visum ablaufen, und ich musste das Land verlassen, um ein Neues zu bekommen.

Die Möglichkeiten waren begrenzt, doch der Gedanke das gesamte Land zu durchqueren um mir in Nepal meine erneute Daseinsberechtigung in diesem Land zu erkaufen war ähnlich reizvoll, wie die ungleich teurere Alternative Sri Lanka. Wenn auch sehr viel strapaziöser. Nachdem ich bereits drei Monate an der Ostküste gearbeitet hatte, war ich auf ein interessantes Naturschutzprojekt in mitten der Westghats gestoßen, wo ich ebenfalls herzlichst eingeladen wurde, einige weitere Wochen zu verbringen.

Mit einem breiten Lächeln hatte ich meine perspektivenreiche Reise mit dem Wissen fortgesetzt, dass ich in jener nicht unkomplizierten Aktion meine Dokumente auf Vordermann zu bringen hätte, was nun also bald bevorstand.

Als ich mir ein *bedee* ansteckte, entspannt die Landschaft betrachtete und die Sonne mir auf den Kopf schien, wurde mir allerdings klar, dass dies nicht der Tag für derartige Entscheidungen werden würde.

1. Ein Tag in Gelb

"Was für eine schöne Blume" dachte ich, und betrachtete eingehend den tiefroten Rachen, der von fünf großen, leuchtendgelben Blütenblättern umgeben wurde. Einige noch nicht geöffnete Knospen waren stark behaart und von spitzen Zähnen umgeben, was sie irgendwie außerirdisch erscheinen ließ. Ich tippte auf einen Vertreter aus der großen Familie der Malvengewächse, war mir jedoch nicht sicher.

In vollständiger Harmonie mit meiner Umgebung setzte ich meinen Weg fort, der mich auf der einzigen Strasse um die gigantischen Wasserfälle von Jog herum, durch die ursprüngliche Welt des ländlichen Karnatakas führte. Schon eine Weile wanderte ich nun durch diese scheinbar menschenleere Gegend. Die Luft war klar, und die Sonne tauchte alles in ein sattes Gelb. Selbst der immergrüne Regenwald, der zu beiden Seiten der Straße majestätisch aufragte, schien einen gelben Schleier zu tragen.

Hier, etwa einen Kilometer oberhalb des Meeresspiegels waren es immer noch knappe 30 Grad, und das schon morgens um 10 und im tiefsten Winter. Die lange Trockenheit hatte sich erbarmungslos über das Land gelegt und die weitgehend mit Hirse bestandenen, terrassenartig angelegten Felder ausgedörrt. Die goldgelben, kniehohen Halme schienen überreif und trotzten dem Boden die letzten Tropfen Wasser ab.

Hin und wieder begegnete mir ein Dorfbewohner, der angestrengt sein altes Fahrrad, beladen mit Milchkanistern, den steilen Berg hinauf schob und mir dabei fröhlich lächelnd einen schönen Tag wünschte.

"Ein schöner Tag ist es jetzt schon" dachte ich als ich, die frische Luft inhalierend, an einigen Hüttchen vorbeiging, vor denen sich kleine Kinder tummelten, Frauen ihren häuslichen Pflichten nachkamen und deren von der Sonne gegerbten Männer sich der harten Feldarbeit widmeten, wobei sie nicht selten von einem mehr oder minder dürren Ochsengespann unterstützt wurden. Es war Erntezeit.

Einige Minuten verharrte ich, um einem offensichtlichen Streitgespräch zu lauschen, dass sich über zwei Felder zwischen einem Hirsebauern und seiner Frau erstreckte. Ihre Stimme besaß ein ungeheures Volumen, welches sich in der warmen Luft weit über den Bestimmungsort hinweg auszubreiten vermochte.

Ich überquerte den Sharvati- Strom, der in dieser Jahreszeit so wenig Wasser führte, dass sich ein Großteil des felsigen Flussbetts über der Wasseroberfläche befand. Es entstand eine lang gezogene Insellandschaft. Auf einigen Inseln standen Kuhreiher und ließen ihr schneeweißes Gefieder in der Sonne trocknen. In der Ferne führte ein Hirte seine Ziegenherde zum trinken an den Fluss. Ein paar hundert Meter weiter stürzte das wenige Wasser in einem Rinnsal mehr als 100 Meter in die Tiefe. Um mir dieses Spektakel von einer anderen Perspektive anzuschauen, war ich ja schließlich auf dem Weg zum Aussichtspunkt des britischen Bungalows, den ich nach einer weiteren halben Stunde Weges erreichte. Ich konnte mir sehr gut vorstellen wie die feinen Kolonialherrschaften, die erstmals in ihrem weißen *Ambassador* hier oben ankamen, sich den Schweiß mit einem Stofftaschentuch von der blassrosa Stirn tupften, das Monokel richteten, einen Blick auf die Wasserfälle warfen und dachten; "Genau da sollen die Neger mir mein Haus bauen!".

Die Stelle, an dem sich der Bungalow, eine Art Residenz für britische Obermonokelträger befand, war wirklich exquisit.

 Die Terrasse dieses nichts sagenden Gebäudes schwebte praktisch über der Schlucht und man vernahm das Rauschen des Wasserfalls aus nächster Nähe.

Da auf einer Anhöhe gelegen, öffnete sich von hier aus auch ein herrlicher Blick auf das bewaldete Umland.

„Ich komme mit dem Motorrad gerade aus dem Norden", sagte Paul, seines Zeichens Brite in den Fußstapfen seiner Vorfahren, während er gleichzeitig dem faszinierten indischen Touristen erklärte, dass man mit seiner Kamera nicht nur Fotos schießen, sondern auch kurze Filmesequenzen drehen konnte.

Nein, alleine sei er nicht unterwegs, sein Freund Nils, der übrigens auch aus Deutschland käme, säße oben am *Chai*stand und leite die teatime ein, es sei ja schließlich schon fast Mittag und der letzte *Chai* bereits 2 Stunden her.

Dem konnte ich eigentlich nur zustimmen. So begab ich mich, nachdem ich eine Weile die Kraft dieses Ortes genossen hatte und etwas im Flussbett umhergeklettert war, wobei mein Blick immer wieder fasziniert dem in die Tiefe stürzenden Wasser folgte, zu den beiden anderen in den Schatten.

Nach den vergangenen Tagen, an denen mich meine Reise durch relativ unberührte Gebiete geführt hatte, war ich froh, endlich einmal wieder ein ausgelassenes Gespräch mit Europäern, und dann sogar in meiner Muttersprache führen zu können.

Nachdem wir uns einige Zeit diesem unverhofften Luxus hingegeben hatten, wurden wir von einer Affenfamilie auf ihrem täglichen Beutegang unterbrochen. Wir kauften jeder eine Hand voll *Masala*-erbsen und ließen die kampflustigen und gewohnt dreisten Makaken an unserer guten Laune teilhaben. Mittlerweile hatten sich einige Interessierte um uns gesellt und beobachteten diesen merkwürdigen Dialog.

Nicht wenige mögen sich gefragt haben, wer bei diesem Spiel denn nun die Affen waren!

Nachdem die Tiere gemerkt hatten, dass bei uns endgültig nichts mehr zu holen war, setzten sie ihren Beutegang fort, und die uns Umstehenden bemühten sich um den obligatorischen Händedruck fürs Familienalbum. Wieder einer dieser Momente! Mittlerweile war ich wahrscheinlich längst in einer dreistelligen Anzahl Familienalben vertreten. Routiniert und geduldig setzte ich jenes neutrale Lächeln auf, welches ich bereits vor Monaten zu meinem Standardfotolächeln erklärt hatte, um diese Situationen mit dem geringsten Aufwand zu überstehen. Zu etwas anderem ließ ich mich mittlerweile nur noch hinreißen, wenn man mir Kleinkinder oder Babys auf den Arm drückte, was häufig genug der Fall war.

Nach einer Weile hielt ein schwarzer Pkw vor der Hütte und unsere Runde wurde um drei Gestalten erweitert, deren Erscheinungsbild nicht unterschiedlicher von dem Unseren hätte sein können. Der Fahrer trug eine Designersonnenbrille, Goldschmuck und war sehr modisch gekleidet. Sein Begleiter hatte geölte Locken und wirkte wie ein Jeansmodell aus den so zahlreichen, maßlos übertriebenen indischen Werbeclips.

Die dritte Person jedoch, wandelte den Gesamteindruck dieses Trios zu etwas wirklich Bizarren. Ein etwa fünfzigjähriger Amerikaner in Shorts, Sandalen und Baseballcap, der nichts Besseres zu tun hatte, als uns von der so wohlverdienten Affenfreiheit sofort wieder zu erlösen. Er hatte offensichtlich den größten Spaß an den frechen Gefährten, die ihn wie einen *Guru* umringten und neugierig anstarrten.

Das vermeintliche Jeansmodell guckte etwas unbeholfen in der Gegend herum und kaute unüberhörbar Kaugummi, während der auffallend hellhäutige Fahrer, der eher von persischer Herkunft zu sein schien, sich auf dem vierten.

Nachdem er uns eine Weile durch seine dunklen Brillengläser mit einem leichten Lächeln auf den Lippen beobachtet hatte, mischte er sich plötzlich überraschenderweise in gebrochenem Deutsch in unser Gespräch ein, was mittlerweile zu einer der mir so allzu bekannten traveller- Konversationen verflacht war: „Ja, Israelis rauchen Gras wie andere atmen, und man findet sie überall in Indien!".

2. Fluss des Lebens

„Wir fahren heute noch zurück nach Gokarna", sagte *Raj*, der sympathische Fahrer des Pkw, der uns seine Freunde als Vikram und Jamie vorgestellt hatte. „Das trifft sich gut, ich wollte morgen mit dem Bus dorthin, aber wenn ihr noch Platz habt, würde ich gern mit euch fahren!".
Obwohl ich eigentlich den Tag an den Jog Falls verbringen wollte, um noch einmal gemeinsam mit den Affen über die gewaltigen, faszinierend metamorphen Felsbrocken in der Schlucht zu klettern und die besondere Atmosphäre der höchsten Wasserfälle Indiens auf mich wirken zu lassen, beschloss ich mich den sympathischen Jungs auf ihrem Weg zurück an die Küste anzuschließen. Nein, beschlossen hatte ich nichts, ich hatte mich dem Lauf der Dinge, dem unaufhaltsamen Fluss des Lebens ein weiteres Mal gefügt. "Man verlernt mit der Zeit eigene Entscheidungen zu treffen, wenn sich so offensichtlich andere Instanzen für diesen Job interessieren" kam es mir in den Sinn. In den vergangenen Wochen hatte ich mich mit sehr vagen Vorstellungen über den Verlauf meiner Route dem Strom ergeben und ließ mich ein wenig treiben. Und plötzlich schien sich auch mein Wunsch nach ähnlich gesinnten Einheimischen zu erfüllen. Es gab sie, die weltoffene, junge indische Generation, die nicht ungefiltert jedweden westlichen Einfluss annahm, sondern nach eigenen Vorstellungen von Stil und Geschmack differenzierte. Ich war mir sicher, dass sich in den Großstädten, die ich allerdings bisher bewusst gemieden hatte, in der jungen Gesellschaftsschicht bereits sämtliche Szenen gebildet hatten.

Ich erinnerte mich an einen Kunststudent aus Hyderabad, mit dem ich einmal zusammen gegessen hatte, dessen Lieblingsschreiberling Nietzsche und dessen Lieblingsfilmemacher Lars von Trier war, und der am Wochenende in den Bars seiner Stadt die Beatles coverte.

Er war es auch, der mir den gesamten Inhalt von "Mein Kampf" erzählen konnte, was in Indien ohnehin ein Bestseller zu sein schien.

Wenn man jedoch in den ländlichen Gegenden, oder auch manchen Großstädten fernab von Bombay, Hyderabad, Bangalore oder Chennai unterwegs war, konnte man leicht vergessen, wie unglaublich vielschichtig das Land auch bezüglich seiner Gesellschaft war.
"Nicht jeder Inder trägt Schnäuzer und *lungi*", musste man sich immer wieder sagen. *Raj* und Vikram ließen mich dessen erneut bewusst werden, und dafür war ich ihnen jetzt schon dankbar.
Sein Deutsch habe *Raj* in der Schweiz gelernt, wo er nun schon seit zwei Jahren lebe und arbeite, und momentan sei er auf Familienbesuch in Indien, was nur sehr selten vorkäme, da die ganze Sippschaft in aller Welt geschäftlich unterwegs sei. Er machte einen absolut welterfahrenen Eindruck.
Vikram outete sich schon bald als „Mister *Raj*asthan 2001", ich hatte also nicht allzu falsch gelegen. Er schien in irgendeiner Weise mit *Raj* verwandt zu sein.
Jamie, ein amerikanischer Tourist mit scheinbar reichlich Urlaub, war schon das zweite Mal innerhalb eines Jahres auf der Küstenroute zwischen Goa und Kerala unterwegs und stellte bezüglich Allem den Gegenpol zu den beiden Anderen dar. Offensichtlich interessierte er sich für square dance, warum auch immer er das loswerden wollte.
Ich verabschiedete mich von Nils und Paul und stieg mit den anderen ins Auto.

Im „Base Camp" angekommen verabredeten wir uns für 5 Uhr, was mir genug Zeit ließ, alles Nötige zu erledigen.
Ich aß in einem kleinen Restaurant ein kleines *Alu Gobi* und ließ mir von einem netten Paar, er Israeli, sie Kanadierin, meinen Appetit auf Gokarna steigern.

Anschließend verabschiedete ich mich von dem alten weisen *Chai*standbesitzer am Beginn des steilen Pfades in die Schlucht, dessen Lebenswerk und Erfüllung eben jener mit Machete und Händen angelegte Pfad und seine kleine Holzhütte waren, und der sich noch nach über 30 Jahren jeden Tag an seinem schlichten Beruf und dem hochfrequentierten Besuch aus aller Welt erfreute.

Nachdem ich schließlich mein spärliches Reisegut auf mittlerweile fast mechanische Weise zusammengerafft hatte, und meiner so traumhaft gelegenen Herberge "Adieu" gesagt hatte, wanderte ich gutgelaunt den kleinen Hügel hinab, um in besagtem schwarzen Wagen mit den auf so merkwürdige Art und Weise zusammengewürfelten Originalen meinen Weg fortzusetzen.
Als ich meinen Rucksack im Kofferraum verstaute, fiel mir das ovale Kennzeichen mit den Buchstaben CH ins Auge. Zudem klebte ein weißes Kreuz auf rotem Grund auf seiner Heckscheibe.
Raj schien wirklich Stolz auf seine neue Heimat zu sein, die sich hier aufgrund der vielen *Bollywood*-Szenen auf den saftigen Almen, für viele die Vorstellung des Paradieses auf Erden, mittlerweile großer Beleibtheit erfreute. In einem solchen Land zu leben und arbeiten, wagten sich die meisten Inder nicht einmal zu erträumen.
Die goldene Quarzuhr an seinem Handgelenk, tat ihr Übriges, um Neid und Bewunderung bei seinen Landsleuten hervorzurufen, davon war ich überzeugt. Goldene Uhren waren hier, ganz egal ob sie funktionierten oder nicht, äußerst beliebt.

„Weißt du, Square Dance ist wirklich eine schöne Art der Kommunikation, und man lernt immer nette Leute kennen!".
Mit einem kurzen „Aha" beendete ich Jamies amüsanten Versuch, mich an den Abenteuern einer amerikanischen Kleinstadt teilhaben zu lassen.

Danach fing er an, von Traktormotoren zu erzählen, was vermutlich nach Square Dance meine zweite Wahl zum uninteressantesten Gesprächsthema gewesen wäre. Ähnlich wie ich, schien er irgendwo von den beiden Anderen aufgegabelt worden zu sein.

Nach einem weiteren *Chai* in einem kleinen, nah gelegenen Dorf, wo wir einigen überraschten und sichtbar schlecht gestellten Dorfbewohnern den Tagesverdienst gesichert hatten, setzten wir unsere Fahrt über die sich durch das größte zusammenhängende Waldgebiet Südindiens schlängelnden Serpentinen fort.

Der aus den Lautsprechern dröhnende Hindipop und die langsam untergehende Sonne steigerten unser aller Hochgefühl.

Es war zum Kopf aus dem Fenster halten und tief durchatmen.

Die Wälder dufteten nach Kardamom und Pfeffer und gaben so ein wenig ihres einmaligen Repertoires an wildwachsenden Gewürzen und seit Jahrtausenden bekannten und genutzten Heilkräutern preis.

„Ich kenne da so eine Stelle, wo wir unbedingt anhalten sollten" meinte *Raj*, und wenige Minuten und einige Kurven später, eröffnete sich uns ein atemberaubender Ausblick auf das Tal des Sharvati. Auf typisch indische Manier drehte *Raj* das Autoradio bis zum Anschlag auf. "Diese Menschen kommen mit dem scheinbar fürchterlichen Lärm der Stille einfach nicht zurecht" dachte ich.

Jamie zündete sich eine Zigarette an, holte seine Seifenblasenmischung aus der Tasche, und begann, mit Rauch gefüllte, mangogroße Geschosse in den Nachmittagshimmel zu entlassen. Ein wunderbares Schauspiel, was zur Belustigung von einigen Truckern aus dem mir so vertrauten Tamil Nadu beitrug.

„Ich rauche nur dafür", fügte dieser Freak schmunzelnd hinzu.

Gutgelaunt setzten wir unsere Reise fort. Nachdem die mittlerweile etwas monoton gewordene Konservenmusik verstummt war, stimmte *Raj* die indische Version von "no woman, no cry" mit den Worten „Chapati and *Chai*" an.

Nach etwa 2 Stunden Fahrt, welche nach über 4 Monaten meine erste in einem privaten Pkw war, erreichten wir die Küstentiefebene und kurz darauf Gokarna, wo trotz bereits eingesetzter Dunkelheit rege Betriebsamkeit herrschte. Hindupilger, Touristen und Einheimische bevölkerten die von Kokospalmen gesäumten Lehmstrassen. Aufgrund eines sehr alten und bedeutenden Tempels war Gokarna ein spiritueller Magnet für Gläubige aus ganz Indien, was es deutlich von den zahlreichen Partystränden in und um Goa, dem wohl aufgrund der ausgeprägten Hippiekultur weltweit bekanntesten indischen Staat, unterscheiden sollte. Gokarna sei ein sehr spezieller, sehr atmosphärischer Ort, hieß es.

Schon auf den ersten Blick allerdings, drängte sich mir der Eindruck auf, dass auch hier bereits das Kapital Arabischer Ozean erkannt wurde, und sich die Tourismusindustrie unbarmherzig in lange bestehende Strukturen zu fressen begann.

Immer wieder mischten sich mehrstöckige Hotelgebäude, an denen auch zu dieser späten Stunde noch gebaut wurde, zwischen die Wellblechhütten, von denen Einige rauchend einen betörenden Duft in die laue Abendluft verbreiteten.

Auf dem kleinen Dorfplatz hatte man einen Fernseher aufgebaut, der am heutigen Abend der Mittelpunkt des Geschehens für die Einheimischen zu sein schien. Etwa 50 Männer und mindestens genauso viele Kinder hatten sich um den elektronischen "Geschichten aus einer anderen Welt"-Erzähler versammelt, während die Frauen das Abendmahl bereiteten. In den ländlichen Gegenden waren die zahllosen Streifen der riesigen Filmindustrie oft der einzige Zugang zu Bildung und dem Rest der Welt.

Da es sich oft um gewaltverherrlichende und maßlos übertriebene Realitätsverdrehungen handelte, konnte man sich leicht vorstellen, wie die Menschen an ihre oft fadenscheinigen Moralvorstellungen gekommen waren. In einem kleinen Dorf namens Kullapalayam hatte ich einmal erlebt, wie ein junges Mädchen sich unsterblich in ein arbeitsloses Bandenmitglied verliebt hatte, obwohl sie genau wusste, dass er in den letzten Jahren an mindestens drei Morden beteiligt war. Bevor es zur Hochzeit kam, die bereits vereinbart war, wurde ihr Held von der befeindeten Bande mittels *cutties* niedergestreckt. Damals hatte ich mich gefragt, was sie an ihm so fasziniert hatte.

Nachdem ich allerdings einige *Bollywood*filme konsumiert hatte, wusste ich, dass er für sie wohl wirklich eine wahrhaftig heldenhafte Figur darstellen musste. Hinzu kommt, dass mit Illusionen von einer Welt voller Revolverhelden auf Motorrädern und leicht bekleideten Frauen vor Augen, der harte Alltag als Fischer oder Bauer sich sicherlich noch viel weniger ertragen ließ. Der zu Genüge in den Massenmedien vertretene Westen lockte täglich. Wie gut es ihnen eigentlich ging begriffen die meisten erst, wenn sie mit der gesamten Familie in einer Slumsiedlungen am Rande einer völlig überfüllten, stinkenden Stadt wiederfanden, um ihr menschenunwürdiges Dasein zu fristen.

Der Fernseher hatte längst den *Guru* des Dorfes abgelöst, der einst nichts anderes als ein weiser Mann war, der aus seinem eigenen puren Leben und der *Mahabarata* oder anderen großen Epen des Hinduismus zu berichten wusste. Heute hatten die so genannten *Guru*s extravagante Frisuren, ließen Dinge erscheinen und versammelten Heerscharen verblendeter Westler um sich und bauten von den exorbitanten Spendengeldern Krankenhäuser, um die fehlgeleiteten *Guru*losen Menschen in den Slums aufzufangen und zu heilen.

Die Wunden jedenfalls, die durch keine oder nur mangelhafte Bildung hervorgerufen wurden, und zu vielerlei irreparabler Schäden führten, klafften nur allzu offensichtlich im ohnehin mageren Fleisch des ländlichen Indiens.

Immer wieder erwischte ich mich mittlerweile dabei, wie ich dermaßen abstrahierend über gewisse Vorgänge in diesem Land nachdachte, da es so vieles gab, was aus der Perspektive eines Fremden so unglaublich schwer zu verstehen schien.

Mein „Freund" Kalimuthu, ein tamilischer Bauer, dessen Gesellschaft ich öfter als mir lieb war genießen durfte, war für so vieles ein absolutes Paradebeispiel. Für ihn etwa hing das Schicksal seiner Familie und seines gesamten Lebens, einzig und allein vom Wohlwollen *Shivas* ab, weshalb er etwa seinen einzigen Hahn, anstatt ihn nachhaltig gewinnbringend zu nutzen, mit einer gelben Paste bestrich und zum Tempel brachte. Ich fürchte allerdings, dass weder jenes arme Tier, das wohl genauso wenig wie ich verstand wie ihm geschah, noch die vom letzten Ersparten erstandenen Räucherstäbchen etwas an dem defekten Brunnen geändert haben, der einst die Basis für eine kleine Landwirtschaft gebildet hatte. Man drehte sich unter den Augen *Shivas* selbst den Hahn zu. *Shiva*, "der Zerstörer", wie er in der Mythologie dargestellt wurde, zeigte sich nur in den seltensten Fällen gnädig.

So wurde selbst der Tsunami dem Zorn der Götter zugeschrieben, und somit die Schuld bei sich selbst gesucht. Man hatte es ja nicht anders verdient!

Aber wie sollte es auch anders sein, hatte doch selbst ich das Wort Tsunami zum ersten Mal in der 12. Klasse im Erdkunde- Leistungskurs gehört. Man wusste es eben nicht besser.

„Du kannst heute Nacht bei uns bleiben, unser Bett ist groß genug für drei", sagte Vikram, der sich während der gesamten Fahrt ziemlich zurückgehalten hatte.

"Die Chance, eine Nacht mit Mister *Raj*asthan zu verbringen, und dabei auch noch Geld zu sparen, lässt man sich wohl nur ungern entgehen!" dachte ich wenig begeistert, nachdem ich die tatsächliche Größe des Bettes festgestellt hatte, das dem Ausmaß meiner Müdigkeit in keinster Weise gerecht wurde.

Ich verspürte allerdings keine große Lust, mich heute noch anderweitig umzuschauen, vor allem weil Vikram mir versicherte, dass es nicht einfach wäre, in einer der Herbergen noch einen Platz zu bekommen, und so willigte ich ein.

Erst jetzt wurde mir bewusst, dass in Europa und wahrscheinlich vielen anderen Teilen der westlichen Welt gerade Winterferien waren, und Gokarna weniger als 100 Kilometer von Goa entfernt war.

An der Westküste war die Hochsaison angebrochen und ich war im Begriff, in den gewaltigen Touristenstrom zu geraten, dessen Zeuge ich bereits in einigen Teilen Keralas, dem südlich angrenzenden Bundesstaat, geworden war.

Wenig später fuhr ein ähnlich großes Auto vor unserem Balkon vor und entließ drei weitere, äußerst gut gekleidete Gestalten, die sich als Freunde von *Raj* vorstellten und uns in ihr Haus am Strand zu einem gemeinsamen Abend einluden.

Jamie durfte natürlich auch nicht fehlen, und so fanden wir uns schon bald zu viert auf der Veranda einer Luxusstrandhütte wieder und erwarteten ausgelassen unsere Gastgeber, die Bier und Fisch für eine ganze Fußballmannschaft besorgten.

Einem starken inneren Drang nachgebend, stürzte ich mich erst einmal in die nächtlichen Fluten und atmete den fantastischen Sternenhimmel in mich hinein.

Für einen Moment glaubte ich, fluoreszierendes Plankton am Körper zu haben, was die Magic der Situation um ein Vielfaches gesteigert hätte. Meeresleuchten! Wie oft hatte ich dieses aparte Schauspiel bereits genießen dürfen.

Allerdings handelte es sich hier um die unzähligen Himmelskörper, die mit ihrem hellen Licht die

Wasseroberfläche zum glitzern brachten.
Ich bemerkte, wie einige dunkle Gestalten auf dem breiten Sandstrand vorbeizogen. In der Ferne brannte ein Feuer. Endlich wieder am Meer! Ein intensives Glücksgefühl durchfuhr mich. Ich ließ mich an der lauen Nachtluft trocknen, und kehrte entspannt zu den anderen zurück. Jamie hatte es sich in einer Hängematte bequem gemacht, und die beiden anderen lümmelten lasziv auf der Veranda. Mit prall gefüllten Plastiktüten beladen, gesellten sich bald darauf die anderen drei zu uns.
„Meine Eltern leben in Dubai, und haben keine Zeit ihr Geld auszugeben, und deshalb diese Aufgabe ihrem einzigen Sohn übertragen! Zum 18. Geburtstag haben sie mir ein Feriendorf in Goa geschenkt, falls du Interesse hast, lass es mich wissen, mein Freund.“
Ein breites Grinsen zierte sein makelloses Kindergesicht. Vijai drehte sich zu seiner hübschen Freundin und gab ihr einen Kuss auf die Wange. „Wir wollen heiraten“, fügte er sorglos hinzu. Ich konnte es kaum glauben. Ein ganzes Dorf? Geschenkt?

Er erklärte mir, dass es sich um einige Bambushütten mit einem kulturellen Zentrum am Strand handle, wo jährlich einige hundert Europäer von dem spirituellen Angebot Gebrauch machten.
Während der ausgiebigen Mahlzeit, die aus dem selbst gemachten Chicken Curry vom Vortag, frischem Fisch, *Chapati*, *Naan* und Bier bestand, wurde mir langsam bewusst, in welchen Kreisen ich mich plötzlich befand.
Die vergnügungssüchtigen Söhne der absoluten Oberklasse Indiens teilten ihr Chapati mit zwei abgerissenen Reisenden, die sie mehr oder weniger auf der Strasse eingesammelt hatten.
Es handelte sich um die Angehörigen zweier befreundeter, einflussreicher Familien aus der Kaste der Kaufmänner. Beide Familien, die eine aus Bangalore in Karnataka, und die andere aus Jaipur in Rajasthan stammend, unterhielten

Verbindungen und Geschäfte in aller Welt.
Einmal mehr staunte ich über die immensen gesellschaftlichen Unterschiede, die man auf engstem Raum in diesem Land tagtäglich erfährt. Vor ein paar Stunden hatte ich noch mit den Bewohnern der ärmlichen Bergdörfer kommuniziert, meine täglichen Almosen verteilt, und nun dinierte ich in einer Runde millionenschwerer Sohnemännchen. Erstaunlich war jedoch auch die Tatsache, dass diese Runde von außen betrachtet in keinster Weise anders erschiene, als jedes andere gesellschaftliche Ereignis dieser Art in Indien, das Bier mal ausgenommen.
Wir saßen auf dem Boden und aßen *Chapati*, Curry und Fisch mit den Händen, so wie es Millionen andere genau in diesem Moment in diesem Land auch taten. Leitkultur.

„Gestern haben wir eine Party gegeben, und es waren einige Europäer hier" eröffnete Vijai das Gespräch.

Er und seine Freundin verbrachten gerade einen bereits mehrere Monate währenden Urlaub vom Geldausgeben in dieser auch nach europäischem Maßstab luxuriösen Strandvilla. „ Und morgen werde ich eine Bekannte aus der Schweiz in die Geheimnisse der indischen Küche einführen." sagte seine bisher sehr schweigsame, etwas beleibte Freundin. „Sie kann nämlich sehr gut kochen" ergänzte Vijai und zeigte erneut seine strahlend weißen Zähne. „Das sieht man" hätte ich am liebsten gesagt.

Auf gewisse Weise widerte mich das Leben dieser Menschen an, die den ganzen Tag nichts anderes zu tun schienen, als sich in ihrem Speckmantel zu suhlen und sich dabei anscheinend furchtbar zu langweilen, wenn sie es nötig hatten, sich jeden Tag Gäste ins Haus zu holen. Allerdings war mir ein bisschen Dekadenz als Abschluss dieses ereignisreichen Tages nicht unwillkommen und so genoss ich die uneingeschränkte Gastfreundschaft.

3. Schnitt

Der Abend plätscherte vor sich hin und das Bier, jenes glycerinhaltige, kopfschmerzgarantierende, nach dem indischen Unreinheitsgebot gebraute, oder wie auch immer hergestellte Gesöff, tat sein Übriges, meine wohlverdiente Müdigkeit auf den Plan zu rufen. Paradoxerweise trug das im Süden weitverbreitetste Bier den Namen kingfisher, dem tropischen Pendants des Eisvogels, dessen Lebensraum sehr saubere Fließgewässer bildeten. *Raj* bemerkte, wie ich das Etikett der Flasche betrachtete und erzählte mir von einem der reichsten Männer Indiens, dem nicht nur die gigantische kingfisher-Brauerei, sondern auch die kingfisher-Fluggesellschaft und eine Supermarktkette gehörten. "Indien ist das Land mit den meisten Millionären auf der Welt, mein Freund" warf er ein, was mir bereits bekannt war, und mich eher verärgerte als beeindruckte. Ich war sicher, dass jener Herr Kingfisher die Heimat des Eisvogels, wie etwa die ungestörte Bergwelt der Schweizer Alpen, zu Genüge kannte und zusammen mit seinem Geld dort verweilte. Was nutzte einem Land eine so gewaltige ökonomische Potenz, wenn das Geld im Ausland ausgegeben wurde?
Um das unbehagliche Schweigen zu brechen, was sich nach einer Weile belangloser Kommunikation eingestellt hatte, so glaubte ich jedenfalls, sagte *Raj* unvermittelt: „ Kannst du dir vorstellen, für einige Zeit einen Anzug zu tragen?" Ich spürte, wie sich gleich mehrere dunkle Augenpaare gespannt an mich hefteten. Mit einer solchen Frage hatte ich nun nicht gerade gerechnet. „ Warum?", fragte ich erstaunt.
„ Ja weißt du, es gibt Momente in denen man repräsentativ wirken muss" antwortete er in einem mittlerweile geschäftlichen Unterton, der mir nicht entging.
Jamie hatte die Runde aufgrund von Magenbeschwerden schon vor einer Weile verlassen, und so war ich nun der einzige Nichtinder im Raum. „Vielleicht könntest du dir vorstellen, für uns zu arbeiten?" sagte *Raj* und zündete sich eine Zigarette an.

Die Atmosphäre im Raum veränderte sich merklich.

Einerseits war ich enttäuscht, dass selbst in einer solchen, freundschaftlich anmutenden Situation, offensichtlich doch gewisse Interessen verfolgt wurden. Andrerseits, da ich mittlerweile doch ein wenig angetrunken war, reizte es mich zu erfahren, was nun folgen sollte.

"Worum geht's?" fragte ich. "Meine Familie verkauft Edelsteine und Schmuck in aller Welt, und unterhält gute Verbindungen zu vielen deutschen Händlern und angesehenen Persönlichkeiten." Daher also der Reichtum, ging es mir durch den Kopf. Es fielen Worte wie Idar Oberstein, Großhändler, Ausstellungen. Obwohl ich nicht wusste, was ich mit der Sache zu tun haben könnte, tat ich den Versuch, ihr globales Handelsnetzwerk auf welche Weise auch immer zu erweitern mit der Begründung ab, dass ich diese Art von Angeboten während meiner Reise schon so oft gehört hatte, und sie sich immer als Expansionsträumereien von gelangweilten Händlern herausgestellt hatten. Ich war nicht in dieses Land gekommen, um Geschäfte zu machen, auch wenn sich so manches "Projekt", wie ich an einigen positiven Beispielen erlebt hatte, durchaus realisierbar schien.

„Es kann ja sein, dass es Menschen gibt, die ihre Erfüllung im Handel mit Edelsteinen finden, ich jedoch schaue mir sie lieber an und versuche deren Entstehungsgeschichte naturwissenschaftlich nachzuvollziehen." sagte ich, was mir wie meistens in Gesprächen mit Menschen dieses Schlages das gewohnte Unverständnis einbrachte, mich aber nicht weiter kümmerte.

Meine Bemühungen das Thema zu wechseln, schlugen jedenfalls fehl. „Lass mich dir in aller Ruhe etwas erklären", sagte *Ruj* „es gibt da vielleicht etwas, was dich interessieren könnte. Der indische Staat hat, um seine Volkswirtschaft anzukurbeln, 1947, im Jahre der Unabhängigkeit, einen Vertrag mit über 40 Nationen dieser Welt geschlossen.

Darin heißt es, dass Touristen befugt sind, sofern sie aus einem dieser Länder stammen, in Indien hergestellte Waren in hohem Wert für den persönlichen Gebrauch zollfrei auszuführen."

„Na und", fragte ich unbeeindruckt und öffnete eine weitere Flasche Kingfisher, wozu sich in den letzten Monaten nur äußerst selten eine Gelegenheit geboten hatte. „Möchte jemand noch einen Schluck Bier?". Keine Antwort. Um genau zu sein war ich außer Raj ohnehin der Einzige, der überhaupt trank, was mir erst jetzt auffiel.

„Für indische Geschäftsleute wie uns jedoch, kostet eine Ausfuhr von Waren 250% Steuern, das heißt, wir bezahlen den zweieinhalbfachen Wert der auszuführenden Güter allein an Abgaben an den Staat! Wenn dies allerdings Touristen für uns erledigen, sparen wir eine Menge Geld." So langsam fing ich an zu begreifen, welches ungeheuerliche Angebot mir hier unterbreitet werden sollte.

„Wir fertigen ein Juwelenpaket im Wert von zehntausend Euro auf deinen Namen, deklarieren es beim Zoll und schicken dich nach Deutschland, wo du es bei der Hauptpost in Frankfurt herauslöst, und einer Kontaktperson aushändigst. Diese Person zahlt dir sofort nach Erhalt des Pakets 100% des Warenwerts in Bar." „Zehntausendeuro!" platzte es aus mir heraus. „Bevor du realisieren kannst, wie kalt es in Deutschland gerade ist, stehst du mit dem von uns bezahlten Flugticket am Departureschalter für den Flug zurück nach Bombay, Delhi, Chennai oder wo auch immer du gedenkst, deine Reise fortzusetzen."

Noch nie hatte ich dieses miserable indische Bier als so bitter empfunden, wie in diesem Augenblick. Noch immer sagte niemand der Beteiligten ein Wort.

„ Wo ist der Haken?", fragte ich skeptisch. „Kein Haken, lediglich Kauf und Verkauf von Gütern, also vollkommen legal!"

Wir diskutierten noch eine Weile über diese Sache, die ohne Zweifel Etwas in mir geweckt hatte.

Die Müdigkeit zumindest schien wie weggeblasen. Vijay, der die meiste Zeit über schweigend unserem Gespräch gelauscht hatte, lud mich für den nächsten Abend zu der von seiner Freundin initiierten Kochorgie ein und bot uns schließlich an, uns nach Hause zu fahren.

"Vielen Dank, aber ich ziehe es vor, die wenigen Schritte über den Strand zurück zu laufen." sagte ich, wohlweißlich wie schwer es war, bei einem indischen Gastgeber ein "Nein" durchzudrücken.

So fuhren wir einige Minuten später in einem roten Kleinwagen über den Strand zu unserem Hotel. Aus dem Radio ertönte amerikanischer Hip Hop.

So fern mir das kindische Verhalten dieser verwöhnten indischen Moderne auch war, musste ich mir doch eingestehen, dass es dem Verhalten meines eigenen Kulturkreises am nächsten kam, wodurch ich mich auf gewisse Weise zu Hause fühlte.

Verständlicherweise war die Nacht, abgesehen von der Tatsache, dass mir *Raj* und Vikram ohnehin nicht viel Platz auf dem Doppelbett ließen, nicht gerade die Entspannteste. Fast krampfhaft versuchte ich zwischen den Störsignalen in meinem Kopf auf die Stimme in meinem Bauch zu hören. Was war das für ein merkwürdiger Tag gewesen? Im Zeitraffer spielte er sich nun in meinem Kopf ab. Wie oft hatten sich im Verlauf meiner Reise ungeahnte Türen geöffnet.

Und nun tauchte wie selbstverständlich diese verlockende Möglichkeit auf, mit einem Minimum an Aufwand und Risiko sehr viel Geld zu verdienen. In meinen Ohren klang das Konzept durchaus realistisch, und meine Bettnachbarn schienen äußerst authentisch und professionell.

Sie machten jedenfalls nicht den Eindruck, mir irgendetwas vorzuspielen.

„Zum Glück," dachte ich, „bin ich gerade an einem ruhigen Ort an der Küste, denn das Meer hat mir schon immer die Kraft und Ruhe gegeben, bedeutende Entscheidungen zu treffen". Ungeachtet des unaufhörlichen unruhigen Gemurmels von *Raj*, der zwischen Vikram und mir lag und sichtlich beengt schien, schlief ich schließlich ein.

„So bald wie möglich", antwortete *Raj* auf meine Frage, wann er dieses dubiose Geschäft abzuwickeln gedenke. „Die Steine sind schon verkauft, und die Kunden warten."

Ich spürte, wie mir das Adrenalin in die Adern schoss, und wir bestellten den morgendlichen *Chai*.
Eigentlich hatte ich nicht vor, dieses Gespräch vor einem guten Frühstück wieder zu eröffnen, allerdings hatte sich das Thema schon zu tief in meine Gedankengänge gefressen.
Raj zeigte mir eine Mappe mit einigen Unterlagen, die keinen Zweifel an seiner Glaubwürdigkeit ließen.
„Geo Business", lautete die Überschrift einer Werbebroschüre für eine der zahlreichen Präsentationen von hochwertigen Steinen und Schmuck, die, von seiner Familie organisiert, in ganz Europa stattfanden und jedes Mal eine Vielzahl prominenter Gäste anlockten.
Er erzählte mir von Tina Turner im Unterhaltungsprogramm, dem indischen Präsidenten als Ehrengast, und einem berühmten Schweizer Schönheitschirurgen, der seit Jahren in enger Freundschaft mit seiner Familie verbunden sei und einen Großteil seines Vermögens für wohltätige Zwecke in Indien ausgäbe.
„Solange ich denken kann, interessiere ich mich für Steine", kam es mir in den Sinn. Ich erinnerte mich an meine Kindheit, wo ich entgegen des damals bereits aufkeimenden Spielkonsolenwahns, mein hart erspartes Taschengeld auf diversen Mineralienbörsen ließ.

Warum also, waren diese Menschen ausgerechnet an mich geraten? Und warum gerade an einem Zeitpunkt, wo mir die wichtige Entscheidung über das Wie und Wo der Visumserneuerung abverlangt werden sollte, und ich nach einer Aufgabe geradezu verlangte? War es denn nicht offensichtlich, dass besagte höhere Instanz, die es so ausgezeichnet verstand, ihre schützende Hand über mich zu halten, und mich auf meinem Weg zu lenken, mich mit dieser Situation konfrontiert hatte?

Ich musste mir eingestehen, dass es so aussah, als sei ich einmal mehr zur richtigen Zeit am richtigen Ort. In gewisser Weise war eine solche Reise doch nichts anderes als ein menschliches Leben in Instantform. Bis zu einem gewissen Grad, hatte man sein eigenes Schicksal selbst in der Hand, allerdings hatte jede Entscheidung, die man auf seinem Weg traf, weitreichende Konsequenzen.

Man stellte laufend Weichen, ohne die Richtung eindeutig vorhersagen zu können, ohne zu wissen, welche Türen sich öffnen, und welche für immer verschlossen bleiben würden. Auf Reisen gelangte man tagtäglich an Abzweigungen, an denen man sich letztlich für einen Weg zu entscheiden hatte, wobei dies eben sehr oft unbewusst ablief.

Wäre ich auch nur einen weiteren Tag in Mysore geblieben, oder wäre ich am gestrigen Tage nur zwei Stunden später aufgestanden, ich hätte Raj niemals getroffen. Aber ich hatte ihn getroffen, und er mich. Unsere Wege kreuzten sich zu einem bemerkenswerten Zeitpunkt. Er auf der Suche nach einem Touristen, der bereit war, einige Tage für ihn zu arbeiten, und ich auf dem Weg zu einem neuen Visum und fast übersättigt vom lauen Leben als Landstreicher, mich sehnend nach Produktivität und sozialem Gefüge, risikofreudig und offen.

Plötzlich schoss mir ein Werbeclip über Indien durch den Kopf, den ich vor einigen Tagen im Fernsehen gesehen hatte:

„Wäre ich ein Reisender, so wäre es ein Ort der tausend Entdeckungen, wäre ich ein Geschäftsmann, so wäre es ein Ort der tausend Goldgruben, wäre ich ein Wissenschaftler, ein Ort der tausend Evolutionen…“.

Dieses Land suggerierte an allen Ecken, dass vieles unmöglich geglaubtes möglich war. In diesem Moment öffnete Vikram die Fensterläden und das Zimmer wurde vom grellen Licht der Morgensonne durchflutet.

„Ich möchte, dass du mir alles noch einmal ganz langsam von vorne erklärst“, bat ich *Raj*, der gerade dabei war, in seinem Ordner zu blättern und mir die Kopien von einigen Reisepässen zu zeigen. Ich erblickte das freundliche Gesicht einer Amerikanerin und die in mädchenhafter Schrift ausgefüllten Versicherungspapiere. Auch zwei Deutsche waren unter den vermeintlichen Geschäftspartnern. „Das hier sind alles Leute, mit denen wir in den letzten Jahren das gleiche Geschäft gemacht haben. Einige von ihnen lassen wir manchmal sogar einfliegen, um für uns zu arbeiten, was allerdings nicht optimal ist, da der Zoll bei zu vielen Wiederholungen doch auf uns aufmerksam werden könnte.“ Er erklärte mir, dass er und seine Familie diesen lukrativen Trick bereits seit ungefähr zehn Jahren durchführten und bisher niemals etwas schief gegangen war.

"Unser Anwalt hat uns darauf gebracht" fügte er grinsend hinzu. Ich spürte eine immer stärker werdende, und mir völlig unbekannte Faszination in mir aufsteigen.

"Normalerweise zahlen wir nur 70 oder 80 % des Warenwerts an unsere Partner, aber da wir es eilig haben, und wir jetzt jemanden brauchen, bekommst du volle 100 % falls du mitmachst."

„Ihr verdammten Verbrecher!“ murmelte ich, und nippte an meinem mittlerweile kalt gewordenen Tee.

„So darfst du es natürlich nicht sehen“, erwiderte *Raj* „auf dem Papier handelt es sich lediglich um Kauf und Verkauf, das legalste Geschäft der Welt, und Papiere lügen nicht.

So läuft es eben. Du hast keine Ahnung, wie viel in der freien Marktwirtschaft über diverse Hintertürchen abgewickelt wird. Survival of the fittest, mein Freund. Jede Nische will gefüllt werden." Ja, ich hatte keine Ahnung, und genau das behagte mir nicht. „Was für Papiere?" fragte ich. „Zunächst mal brauchen wir die Kopie deines Visums, auf welchem ersichtlich ist, dass du als Tourist in Indien bist.

Zusätzlich eine Kopie deines Flugtickets und Reisepasses; und dann natürlich die Rechnung und Produktbeschreibung der im Paket enthaltenen Ware und die auf deinen Namen abgeschlossene Versicherung für die Steine. Schließlich noch eine Kopie deiner Kreditkarte, mit der du uns scheinbar bezahlt hast."

„Und wenn man herausfindet, dass ich gar nicht bezahlt habe?" „In acht von zehn Fällen fragen sie gar nicht nach, es kann aber natürlich trotzdem vorkommen. In diesem Fall, werden wir eben im Sinne einer Anzahlung ein wenig Geld fließen lassen, was dann keine Fragen mehr offen lässt.

Was jedoch beim Zoll geschieht, wirst du gar nicht mitbekommen, wir haben unsere Leute, die alles für dich erledigen. Alles was du tun musst, ist der Papierkram, das Paket zu verschicken und nach Deutschland zu fliegen, wo innerhalb von 48 Stunden nach Versand die Juwelen in der Poststelle auf dich warten." Das klang alles viel zu einfach für mich. Ich konnte nicht glauben, dass sich die indische Regierung so leicht übers Ohr hauen ließ.

Andrerseits hatte ich von diesen Dingen einfach viel zu wenig Ahnung, da ich noch nie einen Gedanken daran verschwendet hatte, wie man gewisse Gesetzeslücken gewinnbringend ausnutzten konnte, obwohl ich sehr genau wusste, das diese Praktiken bei so manchem äußerlich so rechtschaffenen Bürger in jeder Kleinstadt zu finden waren, wenn man nur tief genug blickte.

Die Größenordnung um die es hier ging, verunsicherte mich allerdings ein wenig, jedoch lernte ich schon hier die unglaubliche psychologische Begabung von *Raj* kennen, der auf jede Frage, und sei sie auch noch so tiefgehend und penetrant, eine beruhigende Antwort wusste. „Es ist alles so einfach, du musst nur mitmachen."

„Warum gerade ich?", hatte ich ihn gefragt. „Weil wir gerade dich getroffen haben und sehr schnell jemanden finden müssen.", lautete seine knappe Antwort.

Ich begann mir vorzustellen, wie ich mit zehntausend Euro plötzlich aus dem Nichts vor der Tür meines Elternhauses stehen würde und sagte: „Einen schönen Guten Tach!", oder so…; wie ich anstatt durch ganz Indien nach Nepal zu fahren, um mich wegen eines neuen Visums tagelang durch die Mühlräder der Bürokratie drehen zu lassen, dasselbe innerhalb eines Tages in Frankfurt erledigen könne und den noch ausstehenden Papierkram an meiner Universität persönlich klären würde, um bald darauf mit einem Lächeln zurück in die Sonne zu fliegen. Da war sie also, die Herausforderung, nach der ich verlangte.

Fast euphorisch, und ohne negative Gedanken an die Sache verschwendend, fragte ich *Raj* nach dem weiteren Verlauf des Geschehens.

„Ich werde dir gleich ein Taxi besorgen, das dich nach Bangalore bringt, wo du schon morgen meinen Cousin mit den Steinen treffen kannst.

Ich werde noch heute nach Bombay fahren, um alles weitere von dort in die Wege zu leiten."

Mein bisher sorgloses Touristenleben hatte bereits einen herben Schnitt erfahren. Aus einem unerklärlichen Grund hatte ich plötzlich das Gefühl, dass sich in den letzten Tagen bereits etwas Derartiges angekündigt hatte.

4. Melanchophorie

Das Meer war herrlich. Ich schwamm weit hinaus, und spielte mit den langen Wellen im immer noch flachen Wasser. Ich blickte in Richtung Horizont und hatte das Gefühl, mich ihm langsam zu nähern. Immer weiter entfernte ich mich vom Ufer, und Vikram, der am Strand saß und mir nachsah, wurde kleiner und kleiner. Schon immer gab mir dieses Medium das Gefühl, in eine andere Realität einzutauchen. Alles, was Geist und Körper an Land beschäftigte, wurde weggespült, sobald ich mich im Wasser befand. Genau dieses Gefühl brauchte ich jetzt, nach diesem schwer verdaulichen Morgen. Ich tauchte tief und grub meine Hände in den Sand.

Eigentlich hatte ich nicht geplant, diesen Ort so schnell wieder zu verlassen, und ich wusste auch nicht, ob ich meine schnelle Entscheidung nicht später bereuen würde, aber als ich Vikram entgegen ging, und er mich mit diesem ‚da ist ja der Auserwählte'-Lächeln ansah, kam meine Euphorie zurück. Sicher, ich hatte ich mich mit dem britischen Poeten und seiner Gitarre, den ich Tage zuvor auf einer Dachterrasse in Mysore getroffen hatte, der soviel Gutes von diesem Ort zu berichten wusste, am Ombeach verabredet, aber war es nicht Zeit, sich dem zu stellen, was das Leben für mich bereithielt?

„Meine Eltern haben gesagt, rauchen ist schlecht, also was habe ich für eine andere Wahl, als Nichtraucher zu werden", sagte Vikram, der gebürtig aus Punjab kam, und dessen Eltern zwar modern, aber streng gläubige *Sikhs* waren.

Wir saßen in einem der vielen, für den sich langsam entwickelnden Tourismus aus dem Boden schießenden, äußerst atmosphärischen Restaurants beim Frühstück, und genossen die Aussicht auf die Bucht.

Er erzählte mir viel von sich, seiner Familie und seiner Religion, und ich hörte interessiert zu.

Vikram war mir auf Anhieb sehr sympathisch, und ich war
froh, als er mir eröffnete, dass er mich nach Bangalore
begleiten würde.

Den Sonnenschein genießend schlenderten wir zurück zum
Hotel, und beobachteten dabei, wie auf einem Schulhof ein
ganzes Knäuel Kinder ausgelassen spielte und lachte.
Cricket, was auch sonst.
Noch immer hatte ich nicht verstanden, wie man dieses Spiel
in irgendeiner Weise spannend finden konnte. Ein weiteres,
meiner Meinung nach völlig unpassendes Überbleibsel der
britischen Kolonialherrschaft.
Als sie uns erblickten, hielten sie kurz inne, um mir das
obligatorische „Pen, Pen!" in der Hoffnung hinterher zu
kreischen, dass ich noch immer Mitbringsel in Form von
Werbegeschenken irgendeiner Bank zu verteilen hätte. Dass
die Kinder in Gokarna bereits an Westler gewöhnt waren,
merkte ich an der Tatsache, dass eine abwinkende
Handbewegung meinerseits genügte, um die Konversation zu
beenden. Da es nichts zu holen gab, war ich nicht länger
interessant. Man widmete sich wieder dem Spiel.
Schlagartig wurde mir bewusst, wie sehr ich dieses Land
vermissen würde, auch wenn ich nur für ein paar Tage weg
wäre. Letztlich waren es doch die Menschen, die Indien so
besonders machten, konnten sie einem auch von Zeit zu Zeit
den letzten Nerv rauben.
Zu meiner Euphorie, wieder einmal großes Glück im Leben
zu haben, und der unbestimmten Angst, einen großen Fehler
zu machen, gesellte sich nun also auch noch ein Gefühl der
Melancholie.
Raj hatte schon alles in die Wege geleitet und das Taxi stand
bereits vorm Hotel, und so war es Zeit, mich von Gokarna zu
verabschieden, ohne es jemals richtig begrüßt zu haben.

„Gehe mit einem Lächeln, und du kommst mit einem
Lächeln zurück" sagte *Raj*, legte mir dabei die Hand auf die
Schulter und sah mich mit ernstem Blick an.

„Beim ersten Mal fühlt es sich für jeden etwas merkwürdig an, aber wenn du zurückkommst, wirst du dieses Land mit anderen Augen sehen.“
Unschlüssig, ob ich eine derartige Horizonterweiterung überhaupt wollte, gab ich *Raj* die Hand und setzte mich ins Taxi. „Wir sehen uns bald wieder“ waren seine letzten Worte.

Die Mittagssonne stand mittlerweile hoch am strahlend blauen Himmel, als wir unsere Fahrt gen Südosten antraten. Der Taxifahrer wirkte ein wenig perplex, kurzfristig einen solchen Auftrag bekommen zu haben, er stellte jedoch keine weiteren Fragen und tat wie ihm geheißen.
Ironischerweise fuhren wir zunächst den gleichen Weg zurück, den wir nicht einmal 24 Stunden zuvor in die andere Richtung genommen hatten.
Vorbei an den herrlichen Jog Falls, die ich noch vor so kurzer Zeit völlig unbeschwert und frei genossen hatte, fuhren wir über die mediterran anmutende Hochebene unaufhaltsam ins Abenteuer.
Was würde mich erwarten? Sollte wirklich alles so einfach werden, oder hatte man mir gerade das erzählt, was ich hören wollte, und mir Wesentliches vorenthalten?
Völlig ahnungslos, und zum ersten Mal seit sehr langer Zeit mit einem bedrückenden Gefühl in der Magengegend, blickte ich aus dem Fenster und versuchte die vorbei fliegenden Eindrücke in mich aufzusaugen. Wellblech, Müll, Kühe, Ziegen, Hühner, Hunde, bunte *Sarees*, bärtige *lungis,* nackte Kinder, kleine Schreine, Termitenhügel voller roter und gelber Farbe, Feuer. Alles eingebettet in den Grundton des leuchtend roten Bodens.
Ich merkte, dass sich schon jetzt mein Blick auf Land und Leute veränderte.

Plötzlich schien alles, was auf der anderen Seite der dünnen Fensterscheibe stattfand unendlich fern. Ein Kapitel eines guten Buches, das man unbedingt weiter lesen möchte, es jedoch aus der Hand legt, weil in der so genannten Realität mal wieder etwas Wichtiges ansteht. Die Fensterscheibe selbst trug ihren Teil zu jener Isolation bei, da sie mich schon rein physikalisch von Indien trennte. Seit Monaten war ich nun nicht mehr in einem Vehikel mit Fensterscheiben gereist, seit Monaten nicht mehr außerhalb Indiens gewesen.

Vikram schien völlig entspannt, und versuchte immer wieder eine Unterhaltung mit mir zu beginnen, musste jedoch feststellen, dass das mittlerweile sehr stabile Gedankengerüst in meinem Kopf keine großen Abschweifungen zuließ. War es das überhaupt wert, für Geld meinen bisher so glücklichen Reisefluss zu unterbrechen, ohne die Garantie zu haben, diesen jemals fortsetzen zu können, geschweige denn sicher zu wissen, ob ich jemals das Versprochene erhalten würde? Ging ich nicht doch ein großes Risiko ein?
Immer wieder jedoch, wenn ich über das vermeintliche Gelingen, sowie die verrückte Natur dieser Aktion nachdachte, spürte ich ein mir nicht unbekanntes und irgendwie faszinierendes Gefühl aufsteigen. Vielleicht eine Mischung aus Euphorie, Neugierde, Angst, Verwegenheit, Abenteuerlust, jedenfalls manifestiert in enormer Anspannung. Eine Reise, in eine unbekannte Welt, 'wer nichts wagt, der nichts gewinnt'. Ich hatte *Raj*'s Worte im Ohr: „Du wirst die Welt mit anderen Augen sehen." Alles schien sich zu drehen in meinem Kopf.
Da es mittlerweile schon fortgeschrittener Nachmittag war, hielten wir in einem Dorf, indem ich vor einigen Tagen den Bus gewechselt hatte, und wo ich deshalb schon mit offenen Armen empfangen wurde.

"Der dünne Weiße mit den langen Haaren ist wieder da",
mag sich der mich stürmisch begrüßende ältere Herr wohl
gedacht haben, der mit Seinesgleichen um den Chaistand
herum versammelt war und schweren *bedee*-Rauch
ausatmete. Wie viele seiner Landsleute, besonders jene in
seinem Alter, litt er an einer starken Pigmentstörung, die ihm
ein groteskes Äußeres verlieh.. Weite Teile seiner Stirn,
seines Nackens und seiner Arme setzten sich in einem
blassen Rosa inselartig vom dunklen Braun der restlichen
Körperoberfläche ab.

Den in diesem Land allzu seltenen zwischenmenschlichen
Widererkennungseffekt würdigend, ließ ich mich auf eine
kurze Kommunikation mit Händen und Füßen ein, bevor wir
uns in ein einfaches Restaurant begaben. "*Masala dosai,
chai*", lautete wie so oft meine und auch Vikrams'
Bestellung, wobei er mir gestand, sich mit der südindischen
Küche nicht wirklich anfreunden zu können.

Obwohl ich merkte, dass mein Appetit bereits vor mir und
meiner ungewissen Zukunft geflohen war, zelebrierte ich das
mir so vertraut gewordene 'Essen mit drei Fingern', was
vielleicht schon bald nicht mehr möglich sein würde. Da war
es also, das Bauchgefühl. Mit seiner immer wieder
verblüffenden Aufrichtigkeit teilte es mir mit, was von der
Angelegenheit zu halten war.

"Du hast hier nichts zu suchen, Junge! Solltest du nicht lieber
mit deiner Querflöte am Strand sitzen und die Leichtigkeit
des Seins genießen?" schien es mir ins Gewissen zu reden.
„Blödsinn, das kannst du nächste Woche immer noch
machen, das ist deine Chance!", meldete sich darauf eine
andere Stimme.

"Noch 200 km bis Bangalore", ließ der schweigsame Fahrer
vernehmen, nachdem wir schon einige Stunden unterwegs
waren, und gerade unser zweites Mahl beendet hatten.
Diesmal waren wir, ganz zur Zufriedenheit von Vikram, die
ihm in seinen roten Bäckchen mittlerweile deutlich
anzusehen war, an einer 'Punjabi *Dhaba*' hängen geblieben.

Ich rechnete optimistisch mit fünf Stunden.

Aus den Lautsprechern leierte bereits zum wiederholten Male die wohl einzige Kassette in diesem Taxi, die wohl glaubte, indem sie immer wieder das gleiche Lied zum Besten gab, ihren Job vernünftig zu erledigen.

Die Melodie brannte sich als fröhliche Begleitung meiner schweren Gedanken in meinen schmerzenden Kopf. „Yah ne Yah Yah ne Yah Yah ne Yah..."

Ich versuchte zu schlafen, was mir offensichtlich auch gelang, denn als ich das nächste Mal die Augen öffnete, flogen bereits tausende von Lichtern an mir vorbei.

Bangalore; die sechstgrößte Stadt des Subkontinents. Nach 10 Stunden Fahrt hatten wir also endlich die Randbezirke der 5 Millionen Metropole erreicht.

Wie überall um diese Zeit, waren die sonst so hoffnungslos überfüllten, 6-spurigen Strassen bereits völlig ausgestorben. Endlich sollte ich also in den vermeintlichen Genuss der indischen Mega-City-Atmosphäre kommen, was ich bisher bewusst vermieden hatte.

Ein freundlicher Mensch, der sich, wie sollte es auch anders sein, als gescheiterter Geschäftsmann vorstellte, zeigte uns den Weg in das von uns gesuchte Stadtviertel und half uns bei der Suche einer Unterkunft, die sich um diese Uhrzeit als schwieriger als gedacht herausstellte.

Erst beim vierten Anlauf waren wir erfolgreich, wenn auch nicht gerade willkommen. Offensichtlich hatten wir den älteren Herrn, der uns einließ, jäh aus dem Reich der Träume gerissen. Grimmig begleitete er uns einen schmalen Flur hinauf in den ersten Stock, blieb unvermittelt an einer alten Holztür stehen, steckte den Schlüssel ins Schloss und verschwand mit den Worten „1000 Rupies". Willkommen in Bangalore.

Das völlig überteuerte Zimmer, war schmutzig, klein und dunkel. Die Luft war unerträglich. Die gesamte Wärme des Tages schien sich in diesem einen Raum versammelt zu haben.

Ich schaltete den Deckenventilator ein, der nach einigen Minuten Anlaufzeit nach jeder Runde lautstark ächzte, als wolle er sich über diese ungerechte Welt beklagen.

Die Plastikblumen auf dem Nachttisch trugen eine dicke Staubschicht und im Bad hatte sich eine stattliche Pilzkolonie entwickelt, die mich schmunzeln ließ. Zuletzt hatte ich so etwas in den immerfeuchten Bergdörfern Keralas erlebt.

Pilze so groß wie Pfifferlinge, die zwischen Türrahmen und Fliesenboden eine stattliche Nische gefunden hatten, schienen ihre Köpfe nach Beachtung auszustrecken, die ihnen offensichtlich nicht zuteil wurde.

Ich lag auf dem Rücken, schaute dem Ventilator beim Rotieren zu und ließ meinen Gedanken freien Lauf, während Vikram sich seiner in Unordnung geratenen Frisur widmete.
Es war mittlerweile lange nach Mitternacht, aber ein Model muss eben immer und überall gut aussehen, selbst im eigenen Hotelzimmer kurz vor Bettruhe.
Plötzlich stutze ich.
Hatte ich nicht vor zwei Wochen einen sehr klaren Traum, indem ich plötzlich in Deutschland war, um etwas wichtiges zu erledigen, jedoch mit dem Wissen, schon bald wieder zurück nach Indien zu fliegen?
Ja, ich erinnerte mich nun an viele Einzelheiten. Sollte ich etwa in der Lage sein, tatsächlich eintreffende Ereignisse im Traum vorauszusehen?
Es war zwar nicht das erste Mal, dass ich etwas Derartiges feststellte, jedoch hatte ich dies noch nie vor dem eigentlichen Eintreffen des Ereignisses realisiert. Ich würde also wirklich bald in Deutschland sein?
Noch immer nagten Zweifel über die Richtigkeit der Aktion an mir, und doch machte sich unterschwellig auch immer wieder eine gewisse Vorfreude bemerkbar.

Vikram schaltete den Fernseher ein, und begleitet von einer
Dokumentation über die Tierwelt der afrikanischen Steppe,
fielen wir schon bald in einen tiefen Schlaf.

43

5. Großstadtluft

Als ich erwachte, schaute sich Vikram bereits indisches Musikfernsehen an, was ich sonst immer so amüsant gefunden hatte, mir an diesem morgen jedoch als außerordentlich geschmacklos und penetrant erschien. Ich nahm eine lange Dusche.

„*Raj* hat angerufen", sagte Vikram, „er sagt, sein Cousin konnte gestern nicht mehr fliegen, da er noch Geschäfte zu erledigen hatte, aber heute kommt sowohl er selbst, als auch sein Cousin mit den Steinen nach Bangalore." „Das heißt, heute wird rein gar nichts passieren und wir müssen uns den Tag hier um die Ohren schlagen?" fragte ich wohlweislich, dass diese Stadt zwar eine enorme ökonomische Bedeutung für Indien hatte, jedoch nicht besonders sehenswert sein sollte. „So ist es mein Freund, setz dich und entspann dich." Vikram bestellte den morgendlichen *Chai.* Da ich nicht vorhatte, mit ‚Mr. *Raj*asthan 2001' den ganzen Tag in diesem Zimmer zu schmoren, mir durch pädagogisch wertvolles Unterhaltungsfernsehen Gehirnzellen rauben zu lassen, und in sämtliche Praktiken der indischen Schönheitspflege eingeweiht zu werden, blätterte ich in meinem ‚Lonley Planet' und suchte das Kapitel Bangalore.

„Was hältst du davon, wenn wir uns ein wenig auf der Mahadma Gandhi Road umschauen, dort spielt die Musik dieser Stadt." Noch während ich diese Frage stellte, bekam ich anhand von Vicky's Gesichtsausdruck zum wiederholten Male den doch gewaltigen Kulturkeil zwischen uns zu spüren. Inder hätten keine Probleme, einen vollen Tag vorm Fernseher zu verbringen, und sich nur für das Allernötigste zu bewegen. Besonders im Ausland jedoch, war mir diese Situation schon immer verhasst gewesen. "Ist unser Leben nicht viel zu kurz, um auf diese so furchtbar kreative Art und Weise die Zeit zu verschwenden?" hätte ich ihn am liebsten gefragt.

„Was willst du denn da?" fragte Vikram, und drehte seinen Bizeps in Richtung Spiegel, woraufhin ich meine Augen flehend gen Decke drehte.

„Ich möchte mir etwas Warmes zum anziehen für Deutschland kaufen", sagte ich, und beglückwünschte mich zu diesem doch sehr guten Grund, sich ins städtische Getümmel zu stürzen. Wie könnte ‚Mr. Rajasthan' einen kleinen Modebummel ausschlagen?

Es dauerte eine Weile, bis wir eine *Riksha* gefunden hatten, dessen Fahrer gewillt war, uns durch den ewig zähflüssigen Verkehr bis zur MG Road zu bringen. Plötzlich sah es auf den Strassen doch etwas anders aus, als in der Nacht zuvor. Unzählige gelbschwarze Auto*riksha*s schoben sich insektenähnlich in die kaum bestehenden Lücken zwischen Autos, Bussen, Motorrädern und Ochsenkarren.

Selbst in einer hochmodernen Stadt wie dieser, nahmen in Indien noch Ochsenkarren am Verkehr teil. Überforderte Verkehrspolizisten gaben ihr Bestes, die Ordnung im Chaos zu bewahren.

Erstaunlicherweise sahen ihre Bemühungen sehr erfolgreich aus. "Vor Polizei hat man eben höchsten Respekt in diesem so sehr von hierarchischen Strukturen dominierten Land." stellte ich erneut fest.

Das schlimmste war die Luft, die schon am Vormittag so dermaßen abgasgeschwängert war, dass mir das Atmen schwer fiel. „So muss sich ein Astmakranker fühlen", dachte ich.

„Mumbai ist viel schlimmer", sagte Vikram, als hätte er meine Gedanken erraten „aber dort hat man Auto*riksha*s mittlerweile verboten, um den Verkehr, und vor allem die Luft zu entlasten". Diese niedlichen kleinen Gefährte, die aus der zivilisierten Landschaft Indiens nicht mehr wegzudenken waren, waren wirklich wahre Umweltsünder. Trotzdem mochte ich sie. Irgendwie sahen sie doch sympathisch, fast ein wenig bemitleidenswert aus.

Als könnten sie sich nicht entscheiden, ob sie lieber Auto oder doch Moped wären. Und für eine solche Missbildung machten sie doch einen erstaunlich guten Job. Sie waren jedenfalls im dichten Stadtverkehr bei weitem die effektivste Alternative.

Schon aus der Entfernung sahen wir, dass wir uns dem kommerziellen Zentrum näherten. Es erschienen riesige Werbeflächen, auf denen Telefongesellschaften, Pizza Hut und David Beckhams in grellen Farben den Einzug des Westens in diese Stadt, in dieses Land, suggerierten.
MG Road, auf der sich riesige Shopping-Malls, Jeansgeschäfte, Hightech-Läden, Fast Food Restaurants, Banken und sogar ein paar Pubs konzentrierten, hätte beinahe auch in London oder einer anderen Weltstadt sein können.
Auch wenn mich die Szenerie nicht besonders anzog, bekam ich, während wir uns an den multinationalen Passanten vorbeidrückten, dieses faszinierende Gefühl, mich am Puls der Zeit zu befinden. Die Moderne im 21. Jahrhundert. Nepalis, Thais, Tibeter, Europäer und Inder aus dem ganzen Land kreuzten geschäftig unseren Weg. City rush. Ich empfand es als sehr positiv, endlich einmal indische Frauen ohne *Saree*, sondern in Jeans und T-Shirt zu sehen.
Die meisten von ihnen schauten mir sogar ins Gesicht, wenn wir einander passierten.
„Eine Stadt, die begonnen hat, sich von den traditionell gesellschaftlichen Konventionen, die dem Land eine so deutlich spürbare Schwere aufdrückten, zu befreien, und sich langsam öffnet", sinnierte ich.
Dennoch ließen die zahlreichen Bettler und Straßenhändler keinen Zweifel an der indischen Natur dieses bunten Ortes.
Die Szenerie verriet etwas von der enorm wichtigen Bedeutung Bangalores für dieses Land, welches über das weltweit größte Reservoir an Ingenieuren verfügte, jedoch ein Drittel der Bevölkerung weder lesen noch schreiben konnte.

Als 'silicon valley' Indiens, der Heimat der mittlerweile zweitgrößten IT-Branche der Welt, fungierte Bangalore, gelegen im äußerst ländlichen, und sehr armen Karnataka, als Schnittstelle von Tradition und Moderne, die hier so selbstverständlich nebeneinander zu existieren schienen. Alle Schichten dieser verrückten Gesellschaft trafen hier aufeinander und verrichteten ihre täglichen Geschäfte. Eine Symbiose, die durchaus zu funktionieren schien. Jeder profitierte auf seine Weise von der Präsenz des Anderen.

Nachdem wir durch einige Malls geschlendert waren, und ich mich für diverse Kleidungsstücke entscheiden konnte, die mich vor der winterlichen Kälte Europas schützen sollten, und mich nicht mehr als zwei Weizenbier in einer deutschen Kneipe gekostet hatten, setzten wir unseren Weg außerhalb der nur 1 Kilometer langen MG Road fort.

Es war schwülwarm und die Luft schnürte mir die Atemwege ab. Jeder Atemzug kam mir vor, als würde ich nicht atmen sondern rauchen.

In einer solchen Stadt zu leben, musste die Hölle sein, auch wenn durchaus Versuche unternommen wurden, den gewaltigen Wulst aus Beton und Blech durch Grünflächen aufzulockern. Allerdings hätte selbst ein Amzonas-Regenwald nicht annähernd ausreichend Appetit entwickeln können, den CO2-Gehalt dieser Atmosphäre auf ein passables Maß zu drosseln.

Die Menschen hier verstanden Parks und Grünflächen dieser Art ohnehin vor allem als Ort der Erleichterung im allzu physikalischen Sinne, was der Stadtluft eine weitere, unangenehme Note verlieh.

Wir hielten an einem kleinen Internet- Cafe, welches von einem beinah Zahnlosen geführt wurde, der seine Handflächen vor dem Gesicht zusammenführte, um mich mit einem freundlichen *Namaste* zu begrüßen, was mir verriet, dass er nicht von hier kam.

Der letzte Kontakt zu Deutschland lag nun schon einige Tage zurück, und ich war gespannt auf Neuigkeiten. Nachdem ich zahlreiche Neujahrswünsche und Anfragen nach dem Wo und Wie meines Befindens verschlungen hatte, die ich nicht in der Lage war zu beantworten, traten wir den Rückweg an.
„Ihr werdet euch wundern", dachte ich und stellte mir die erstaunten Gesichter vor, die mich zu Hause erwarten würden.
„Hast du Hunger?", fragte ich Vikram, da ich merkte, dass mein Magen allmählich anfing, mir unmissverständliche Hinweise zu geben. Ich versuchte, meinem Körper zu geben, wonach er verlangte, auch wenn es mir aufgrund der anhaltenden Appetitlosigkeit nicht leicht fiel.
Während des Essens in einem, dem Hotel nahegelegenen Punjabirestaurant, erzählte Vikram mir von seiner Freundin in Jaipur, die er jeden Monat heimlich besuchte. Sie stamme aus einer strengen, muslimischen Familie, und wisse schon jetzt, dass sie in nächster Zeit einen für sie auserwählten Muselmanen zu heiraten hätte.

Ich konnte nicht umhin, meinen Begleiter für ein wenig treudoof zu befinden, schätzte jedoch seine persönliche, offene Art.
Nach einem Ingwer*Chai* traten wir verdauungsfördernde Fenchelsamen kauend   den Weg in einen langweiligen Nachmittag in der Lottersuite an.

6. Einbahnstrasse

Hastig öffnete ich den Klodeckel und entleerte meinen Magen durch die Speiseröhre. Ein wahrhaft erlösender Moment, nachdem es mir bereits eine ganze Weile speiübel war. Sicher, der Tag war anstrengend, und ich hatte mehr gegessen als nötig, aber das ich nach solch einer langen Zeit in diesem Land gerade heute das erste Mal ernsthafte physische Probleme hatte, zumal wir nicht auf der Strasse, sondern bei einem teuren Punjabi diniert hatten, gab mir zu denken. Ich musste mir nun endgültig eingestehen, dass die Situation mir sehr zu schaffen machte. Ich hatte meine Balance verloren, war nervös.

Vikram wirkte sehr besorgt, als er mich die nächsten Stunden noch einige Male ruckartig das Bett verlassend erlebte. Er teilte mir mit, dass *Raj* und sein Cousin mittlerweile angekommen seien, und uns morgen früh treffen würden. Er stellte mir in Aussicht, dass schon bald die wichtigsten Schritte abgeschlossen seien, und wir diese Stadt wieder verlassen könnten. Unsere abendliche Wanderung durch den pulsierenden ,Concret jungle', meine körperliche Verfassung und die schlechten Filme hatten mich sehr müde gemacht, und so schlief ich früh ein.

„Guten morgen, mein Freund, ich hoffe es geht dir gut" sagte *Raj* und betrat gewohnt lässig, und gefolgt von einer weiteren Person den Raum. „Das ist Amman, ein Cousin von mir", stellte er seinen Begleiter vor, der einen silbernen Hartschalenkoffer mit Zahlenschloss bei sich führte. Interessiert beobachtete ich, wie *Raj* diesen auf dem Bett öffnete und begann, den Inhalt zu überprüfen. Der Koffer enthielt unzählige kleine Papiercouverts, in denen
sich die Steine befanden. Er öffnete einige dieser Briefchen und begann, mit einer Pinzette verschiedene Stücke auf eine Unterlage zu legen.

Das Glänzen der in allen Formen geschliffenen Juwelen lieferte sich einen heißen Wettkampf mit dem meiner Augen. Als hätte er meine stille Faszination gespürt, gab *Raj* mir vorsichtig einen etwa 1 Zentimeter großen, tropfenförmigen Rubin in die Hand.

„Der stammt aus Nepal, und ist aufgrund seiner intensiven Farbe und Reinheit mehr als tausend Euro wert."

Wir begannen uns eine Weile über Herkunft und Entstehung der Edelsteine auseinanderzusetzen, bevor *Raj* mir afrikanische Smaragde und Diamanten, den indischen Topas, Perlen aus dem Pazifik, Citrine, Turmaline und etliches mehr aus jener Schublade, die mir soweit ich mich auch über den Rand meines eigenen Tellers gelehnt hatte, bisher verschlossen geblieben war, zeigte.

‚Was muss dieser Koffer wert sein?', dachte ich ehrfürchtig. Auch Vikram und Amman waren todernst und beobachteten *Raj* schweigend. Als es auf der weißen Unterlage bereits bunt funkelte und glänzte, sagte *Raj*: „Ok, du wirst jetzt alles aufschreiben, was du hier siehst, so dass wir dem Zoll eine von dir verfasste Inhaltsangabe des Pakets faxen können."

Also schrieb ich, was *Raj* mir diktierte und konnte nicht glauben, dass ich diese Worte wirklich in Verbindung mit meinem Namen als Käufer zu Papier brachte: 1. Amethyst, 2 Sets, 6 Stücke, herzförmig; 2. Citrin, 1 Set, 6 Stücke, quadratisch; 3. Grüner Topas, 1 Stück, oval; 4. Turmalin, 1 Set, 9 Stücke, quadratisch; 5. Ring, Weißgold mit blauem Topas und Diamant, 1 Stück; 6. Armreif, Weißgold mit Smaragd und Rubin, und so weiter und so fort. Nachdem ich Nummer 15 zu Papier gebracht hatte, begann *Raj*, die kostbare Fracht in Watte zu wickeln und sicher zu verpacken, während ich das von mir ernannte Rauchverbot in unserem Zimmer brach.

Als Absender gaben wir mich und die Adresse der Lodge, und als Empfänger ebenfalls mich, meine Passportnummer und die Hauptpoststelle Frankfurt an.

Anschließend schreib ich die Liste der Steine auf eine Rechnung, und schließlich fertigten wir einen Versicherungsvertrag im Wert von 3000 Euro auf meinen Namen an. Vikram und Amman machten Kopien von meinen Reisedokumenten, und so hatten wir den Kauf auf dem Papier perfekt gemacht. Ich war nun offizieller Besitzer von „Gems and Jewellery" der Firma Ali Husain. Ein erhebendes Gefühl war dies allerdings nicht.

Schon jetzt verlangte ich nach einem schnellen Ende.

Nachdem *Raj* mir die letzten Zweifel ausräumen konnte, und ich mich durch das fertige Paket und den anstehenden Progress beschwingt fühlte, begaben wir uns zu dritt in den morgendlichen Stadtverkehr, um die wertvolle Fracht nach Bombay Richtung Zoll zu schicken. Vikram, der den ganzen Morgen wie gewohnt in der Präsenz von *Raj* zu einer Nebenfigur geworden war, schien sich um den Koffer zu kümmern. Da ich die größten Taschen an der Hose hatte, nahm ich das durch die Versicherung mittlerweile 13000 Euro teure Päckchen an mich.

„Für das Geld, was jetzt in meiner Hosentasche steckt, könnten sich 3 Slumfamilien ein Haus auf dem Land bauen und sich eine neue Existenz gründen", grübelte ich, während unser *Riksha* nur sehr langsam vorwärts kam und immer wieder Bettler an uns herantraten. Soziale Disparität, wie sie gewaltiger nicht hätte sein können.

Aus meiner rechten Hosentasche kramte ich ein wenig Kleingeld hervor, damit sich der ein oder andere einen Tee oder ein paar *Samosa* leisten konnte, und in meiner linken Tasche trug ich Diamanten, Rubine und Smaragden von immensem Wert mit mir herum. Ich nahm mir fest vor, einen Teil des Geldes an Projekte in Indien zu spenden.

„Ich nehme es dem Staat weg und gebe es dem Volk" beruhigte ich mein Gewissen.

Da es Samstag war, und wir die Aktion so schnell wie möglich abschließen wollten, fuhren wir nicht zur Post, sondern zu einem privaten Kurier, der noch heute mit den Steinen nach Bombay fahren würde.

Dieser Kurier, der scheinbar wiederum ein Teil von *Raj*'s ungeheurem Netzwerk war, befand sich in einem 3-stöckigen Haus im beeindruckenden Bankenviertel von Bangalore.
Im 2. Stock gab ich *Raj* das Päckchen und er verschwand in einem der Büros, während Amman und ich im Flur warteten. Er erzählte mir, dass er momentan mit seiner Familie in London lebe, und derzeit aus ähnlichen Gründen wie *Raj* in Indien sei. „Nächste Woche feiern wir ein großes muslimisches Fest". Wenn auch etwas hektisch, war Amman mir durchaus sympathisch.
Seine Art war mir auf merkwürdige Weise vertraut.
Als wir wieder auf die Strasse traten, zeigte *Raj* mir auf mein Anfragen die Quittung des Kuriers und ich merkte, wie sich die zuvor doch etwas angespannte Stimmung ein wenig lockerte. Die Sonne stand mittlerweile hoch am Himmel und es wurde heiß. Ohne dass ich es bemerkt hatte, waren wir plötzlich nicht mehr zu dritt sondern zu viert. Die beiden begannen, sich angeregt auf Hindi mit dem aus dem nichts erschienenen Dritten zu unterhalten, der schon ein wenig älter aussah und in der Uniform eines Bankiers steckte.
Ich stellte fest, dass die in Südindien gesprochenen *drawidischen* Sprachen, wie *Tamil, Malayalam* oder *Cannada* sehr viel angenehmer klangen als die indogermanischen Sprachen. Die harten Laute kamen mir zwar irgendwie bekannt vor, und waren doch gleichzeitig sehr fremd. Da wir noch nicht gefrühstückt hatten, führte uns der Unbekannte in eine Seitenstrasse, wo es die neuesten Kreationen von Designer- Fast Food für gestresste Kaufleute gab. Und genau das waren wir ja mittlerweile.
„Ich bin Om", stellte sich der Fremde vor. „Ein schöner Name", sagte ich. Er erzählte mir, dass er ebenfalls für die Familie von *Raj* arbeite, und für den Markt in Südindien zuständig sei. Er wäre schon oft in Europa gewesen, nur hätte er sich dort nie sehr wohl gefühlt.

„Für uns ist die Familie etwas sehr wichtiges, und wenn du niemanden hast, dann fühlst du dich sehr einsam. Ich hatte immer wieder große Schwierigkeiten mich in Europa einzuleben, außerdem ist das Essen und das Wetter schlecht!" Ich konnte mir in etwa vorstellen was er meinte, und dachte an das Schneetreiben in grauer Kulisse, was mich erwartete. Sicher würde ich in ein Loch fallen, wenn sich die Aktion länger als geplant hinziehen würde. „Wie geht's weiter", richtete ich das Wort an den Chef. „ Ich schlage vor, wir checken mal dein Kreditmaximum auf deinem Konto, und schauen zu, dass wir eine kleine Scheinanzahlung machen, falls die Leute beim Zoll morgen nach der Transaktion fragen sollten.
Wir wollen ja schließlich nicht das geringste Risiko eingehen und alles so transparent wie möglich machen", meinte *Raj* „eine Anzahlung wird reichen.".
Zunächst zögerte ich, und fragte, ob dies denn wirklich nötig sei, da ich davon ausgegangen war, dass alles ohne eine finanzielle Beteilung meinerseits geregelt werden könne. Die Drei überzeugten mich, dass dies für die Glaubwürdigkeit unseres Vertrags ein unerlässlicher Schritt sei, und ich das Geld nur in Empfang nehmen müsse, die Quittung abgeben würde, und das Geld behalten könne, so dass ich nach wie vor nur auf dem Papier der Besitzer der Juwelen sein würde. Bis jetzt hatten wir mit der Kopie meiner Kreditkarte ja lediglich nachgewiesen, dass ich grundsätzlich zahlungsfähig wäre, nicht aber, dass ich bereits irgendetwas gezahlt hatte. Ich gab also nach, obwohl es mir sehr missfiel, dass mir nicht die geringste Wahl gelassen wurde, und ich nun zum Handeln gezwungen war.

Nachdem ich also bei meiner Bank angerufen hatte und mir mein Limit von 500 Euro mitgeteilt wurde, überlegten wir während wir uns ein *Riksha* nahmen, wie weiter vorzugehen wäre.

„Hast du irgendwelche Freunde in Deutschland, die dir vielleicht ein- bis zweitausend Euro schicken könnten?"

Ich spürte wie sich mein Herzschlag beschleunigte, da ich wusste, das es auf diese Weise nur eine Möglichkeit gab an Geld zu kommen, die ich um jeden Preis vermeiden wollte: meine Eltern! Plötzlich nahm das Spiel eine nicht gerade willkommene Wendung, und ich fühlte mich wie in einer überfüllten Einbahnstrasse in eine Richtung, in die ich gar nicht wollte. „No way back" schoss es mir durch den Kopf und schlagartig wurde mir die Bedeutung dessen bewusst, was wir vor einer halben Stunde getan hatten. Das Paket war unaufhaltsam auf dem Weg, und somit hatte sich mein Schicksal endgültig meiner Kontrolle entzogen. Von Kopf bis Fuß steckte ich nun in diesem unbequemen Etwas.

Auf einmal war ich fest entschlossen, zumindest alles zu tun, was in meiner Macht stand, um im Falle einer Nachfrage unsere Geschichte so glaubwürdig wie möglich erscheinen zu lassen.

7. Gewaschenes Geld

„Könnt ihr denn nicht irgendwie auf meinen Namen Geld fließen lassen, ihr seid doch sonst so omnipotent?", fragte ich *Raj*, immer noch überzeugt, dass sich auch dieses Problem irgendwie einfach lösen ließe. „Das Geld muss natürlich aus Europa kommen", sagte er, und nahm mir meine letzten Hoffnungen. Meine Gedanken rasten. Ich dachte die verschiedensten Möglichkeiten an, um sie kurz darauf wieder fallen zu lassen und gelangte zu der Einsicht, dass es nur einen einzigen Ausweg gab, den ich zwar auf alle Fälle vermeiden wollte, der jedoch mit jedem weiteren Gedanken unvermeidlicher wurde. Ich hatte das Geld. Meine jahrelangen Ersparnisse waren zwar fest angelegt in Aktien und Wertpapieren, aber ich konnte dennoch wenn nötig zu jeder Zeit darüber verfügen. Resigniert seufzte ich, und stellte fest: „Wenn es nicht anders geht, muss ich eben meine Eltern einweihen." Ich konnte kaum glauben, was ich gerade gesagt hatte, und wurde mir schlagartigen der ungeheuerlichen Auswüchse dieses so harmlos begonnenen Projektes bewusst. „Kannst du nicht einfach erzählen, du bräuchtest ein paar tausend Euro um etwas zu kaufen? Einen teuren Teppich, Geschenke? Normalerweise hat eine europäische Mastercard ein etwas anderes Limit, diese Situation ist auch für uns neu" verteidigte sich *Raj*.
„Das war einfach ein dämlicher Fehler, eine Unvorsichtigkeit, Unprofessionalität! Warum habt ihr mir nicht vorher gesagt, dass es zu einer solchen Situation kommen könnte?" Zum ersten Mal fühlte ich mich hintergangen. Ich war wütend. Wütend auf mich, wütend auf *Raj*, auf Amman und die ganze verdammte Aktion. Es nützte nichts. Ich hatte diesen Weg betreten, und musste ihn nun an das wie auch immer geartete Ziel führen. Einbahnstrasse.
Falls sich meine Eltern kooperativ zeigen würden, und dessen war ich mir sehr sicher, würde schon bald auch die letzte Illegalität des Geschäfts aus dem Weg geräumt sein.

„Wie spät ist es jetzt?" fragte ich. „Halb vier!" „Das bedeutet in Deutschland ist es gerade 9 Uhr.
Die Post, also die einzige Western Union Möglichkeit im Städtchen meiner Eltern hat noch 4 Stunden geöffnet. Die Zeit drängt!"

Der *Riksha*fahrer entließ uns mitten auf einer geschäftigen Kreuzung und wir flüchteten uns auf den Gehweg. Ich suchte nach einem etwas ruhigeren Ort, und wurde in der Einfahrt zu irgendeinem offiziellen Gebäude mit Pinguinbewachung fündig. ‚Kolonialer Wurmfortsatz' dachte ich abfällig. Ich war gereizt.
Nun galt es jedoch, die Nerven zu bewahren, das kommende Gespräch mit meinen Eltern würde etwas anders werden als das Letzte.
Ich erinnerte mich an den Anruf, mit dem ich meine Familie vor zwei Wochen an Heiligabend beim Festessen überrascht hatte und seufzte.
Der Wächter, der unpassenderweise zwischen zwei dicken, mit Jasminblüten behangenen *Ganesh*-figuren stand und mit versucht eiserner Miene seinen ungemein spannenden Dienst verrichtete, schaute ein wenig verdutzt aus seiner Uniform, als ich mich an ihm vorbeidrückte, um mich hinter der Mauer der Anlage dem Lärm zu entziehen. „Very important!", erklärte ich kurz und er stellte keine weiteren Fragen.
Ich atmete tief durch und wählte die wohlbekannte Nummer. Es dauerte scheinbar endlos, bis die Verbindung hergestellt war, und es klingelte einige Male durch, bis endlich jemand abnahm. Nervös schaute ich mich in dem opulenten Garten der Anlage um.

„Guten Morgen Mutter, du musst mir jetzt ganz genau zuhören!" „Lass mich raten, du willst heiraten?!" entgegnete die verschlafene Stimme am anderen Ende. Ich zwang mich zu Gelassenheit, und begann von vorne. „Ich fürchte ich brauche eure Hilfe."

Es dauerte eine ganze Weile, bevor die Faust im Gesicht meiner beiden armen Opfer gelandet war, und sie begriffen hatten, was ich eigentlich von ihnen wollte. Ich hatte sie soeben aus dem Bett geklingelt!

Nach zwei Wochen der erste Kontakt mit dem Sohnemann, der an einem Samstagmorgen innerhalb der nächsten 2 Stunden unbedingt 3000 € braucht, um dubiose Juwelenschmuggelei mit Leuten zu finanzieren, die er gerade einmal 3 Tage kennt. Einen schönen guten Morgen!
Doch nachdem ich sie mit ruhiger Stimme vom unbedingten Handlungsbedarf überzeugt hatte, erklärten sie sich zunächst bereit, die Transaktion zu vollziehen.
Ich versprach, innerhalb der nächsten halben Stunde nochmals anzurufen, um die Details zu klären, wünschte, ohne jegliche Ironie, ein entspanntes Frühstuck und kehrte zurück zu den anderen auf die Straße.

„Wir haben es uns noch einmal überlegt", sagte mein Vater, und ich ahnte nichts Gutes. „Wir möchten nachprüfen, ob die Geschichte wahr ist, und deshalb besorge uns bitte Telefonnummer und Adresse der Kontaktperson in Deutschland." Ich spürte wie mir die Hitze in den Kopf stieg. Es war unerträglich heiß in der kleinen Telefonzelle. Nichts lief glatt! Ungeduld!
Ich redete mit *Raj* über die nachvollziehbaren Forderungen meiner Eltern und bekam wie immer eine halbwegs nachvollziehbare, jedoch negierende Antwort: „Unser Repräsentativer in Europa, wird nichts von der Sache erfahren, solange die Juwelen noch in Indien sind.
Unter keinen Umständen dürfen die Kunden erfahren, dass es Probleme beim Zoll geben könnte, oder dass wir nicht ganz sauber ausführen. Die Steine sind bereits verkauft, und befinden sich offiziell bereits in den Händen europäischer Zwischenhändler. Außerdem ist er momentan irgendwo in Europa unterwegs und wird sobald er sich wieder in seinem Frankfurter Büro befindet, von der Sache unterrichtet."

Da ich keine Ahnung hatte, was es genau mit dem Kontaktmann auf sich hatte, ich aber durch die elterliche Sorge die Transaktion gefährdet sah, wandte ich mich erneut mit der Bitte an meinen Vater, mir ‚einfach zu vertrauen', ähnlich wie ich aus irgendeinem Grund 'einfach vertraute', da mir mittlerweile auch nichts anderes übrig blieb.

Die Tatsache, dass ich das Geld nicht abzugeben gedachte, sondern nur die Quittung brauchte, um diese dem Zoll zu zeigen, schien ihn letztlich zu überzeugen. Erleichterung.

Ich zündete eine Zigarette an und betrachtete von unserm Balkon den Hinterhof der Lodge. Fast schien es mir eine Art Schrottplatz oder Motorradfriedhof zu sein. Wir befanden uns nicht in der schönsten Ecke der Stadt.

Schon jetzt hatte ich genug von Bangalore. Von *Raj*, von Vicky und von Amman. Ich stellte mir meine Mutter vor, wie sie die nächsten Nächte aus lauter Sorge kein Auge zu tun würde, und mir wurde bewusst, dass kein Geld der Welt es wert war, eine solche Situation zu durchleben. Niemals hätte ich meine Eltern einweihen sollen!

Sollte das ganze Unterfangen mal einen Hauch von Eleganz und Abenteuer gehabt haben, so war dies spätestens jetzt passe. Geld hatte mir nie viel bedeutet, und jetzt setzte ich womöglich zwei Monate Indien, meine Freiheit und was am schlimmsten war, das Vertrauen der mir am nächsten stehenden Menschen aufs Spiel. Für Geld! „Ich erkenne dich nicht wieder!" hatte ich die Stimme meiner Mutter im Ohr.

„Ich verstehe nicht, warum du so negativ denkst" sagte Amman und bescheinigte mir erneut, wie außerordentlich sensibel er war. „Es tut uns wirklich leid, dass deine Eltern jetzt mit im Boot sitzen, aber es wird sich schon alles zum Guten wenden" versuchte es *Raj*.

Zum zweiten Mal an diesem Tag nahm ich eine lange Dusche bevor meine Begleiter mir mitteilten, dass wir noch heute das Hotel wechseln würden.

„Es ist besser für uns, wenn wir uns etwas näher an der MG Road aufhalten." Wir packten zusammen und machten uns erneut auf den Weg.

Vielleicht hatten sie ja Recht, vielleicht machte ich mir wirklich zu viele Gedanken, immerhin waren wir ja schon einen guten Schritt weiter gekommen.

„Natürlich gibt es manchmal kleine Komplikationen, aber bis jetzt haben wir noch immer alles hinbekommen", wandte sich *Raj* an mich, als hätte er meine Gedanken gelesen, was wohl beim Anblick meiner Stirnfalten nicht das Schwierigste war.

Nachdem ich die 500 Euro meiner Eltern in Empfang genommen hatte, denn mehr wurde es zunächst nicht, und wir uns auf den Weg in das so genannte Nachtleben von Bangalore machten, war ich längst wieder entspannt.

Wir hatten uns in einer Pension auf einer kleinen, aber sehr geschäftigen Straße im unmittelbaren Zentrum der Stadt einquartiert. Ein stechender Geruch, bestehend aus Diesel, Tierexkrementen und Jasminblüten schlug mir in die Nase, als wir die hell beleuchtete Straße betraten. Die einst weißen Hausfassaden, waren größtenteils mit einem schwarzen Film aus Abgasdepositionen und Schimmelpilz überzogen.

Durch die stetig hohe Luftfeuchtigkeit, war selbst das neueste Haus bereits von Schimmel, dem mit Sicherheit häufigsten und flächendeckendsten Organismus im Ökosystem Indien, befallen.

„Weißt du, wir haben unser ganzes Leben mit Business zu tun, und du machst etwas Derartiges zum ersten Mal. Glaub mir, wenn die Sache abgeschlossen ist, wirst du einiges verstehen lernen.", sagte Om, der sich inzwischen wieder zu uns gesellt hatte.

„Es handelt sich also um eine Bildungsreise", dachte ich und wechselte das Thema.

Glücklicherweise schienen indische Frauen eine Art Lieblingsthema von Om zu sein, und es folgte eine weitere Belehrung in Sachen 'Wie mach ich eine klar?'! „Was wären wir doch ohne die Frauen" sinnierte ich, und erklärte dieses Thema zur international wirksamen Methode, ein Gespräch zu beginnen, und so schnell nicht wieder aufzuhören. Tatsächlich begegneten wir an diesem Abend einigen Individuen, die durch die Wahl ihrer Bekleidung zu verstehen gaben, dass sie es darauf anlegten, zum Gesprächsthema des anderen Geschlechts zu werden.

Saturday night in Bangalore, die aber im Vergleich zu anderen asiatischen Großstädten durchaus gesittet abzulaufen schien. Die Businessmetropole hatte sich plötzlich zu einem Paradies der seichten Unterhaltung entwickelt.
Wir passierten etliche Bars, von denen jede einzelne durch ein pseudoindividuelles Konzept versuchte, die Konkurrenz auszustechen. Von Raumschiff bis Bambushütte schien in den zahllosen Seitenarmen der MG-Road für jeden Geschmack etwas zu finden zu sein. In ihrer Gesamtheit bildeten sie ein über alle Maße künstlich wirkendes Konstrukt.
Je mehr man versuchte, urbanes Flair nach westlichem Vorbild zu schaffen, desto weiter entfernte man sich von diesem Ziel.
Wir aßen in einem kleinen, aber äußerst gutbesuchten Restaurant, welches sich unsere Aufmerksamkeit durch ein verlockendes Buffet gesichert hatte, zu Abend. Begleitet von klassischer *Sithar*-musik, wohlgemerkt aus der Konserve, füllten wir unsere Teller mit Köstlichkeiten aus dem ganzen Land.
Fette Currys aus dem Norden und leichte Gemüsegerichte auf Kokosbasis, dazu *Naan, Chapathi, Paratha* und verschiedene Sorten Reis unternahmen einen durchaus annehmbaren Versuch, mich für die Unannehmlichkeiten des Tages zu entschädigen.

Zu meinem Erstaunen hatte *Raj* es fertig gebracht, zwei Freunde in Europa zu einer Transaktion von jeweils 1800 Euro per Western Union zu bewegen, deren Quittung ich später zu unterschreiben hätte, was die Gesamtsumme auf über 4000 Euro anhob. Es handelte sich dabei um eine Frau Lux aus Hamburg und einen Herrn Perrier aus Paris. Bis zu diesem Zeitpunkt wusste ich gar nicht, dass ich Freunde in Paris hatte! Es war ohne Zweifel faszinierend, was *Raj* mit einigen Anrufen alles organisieren konnte. Auf dem Rückweg erzählte er mir von seinem Studium in Bangkok, seinem Leben in der Schweiz und den unangenehmen Erfahrungen mit Fremdenhass, die man als erfolgreicher, und dazu noch muslimischer Ausländer in Europa machen müsse. „Ich konnte mir nicht aussuchen, was ich studieren, oder in welche Richtung ich mich entwickeln will", sagte er „mit fünfzehn Jahren war ich bereits voll im Geschäft.
Ich bin eben in die Kaufmannskaste geboren worden, also werde ich Kaufmann, um die Familientradition weiterzuführen."

Ich begriff, dass das Kastensystem, obwohl seit einiger Zeit offiziell nicht mehr existent, auf diese Weise noch lange Zeit diese Gesellschaft dominieren würde. Als Sohn eines Bauern, wurde man Bauer, und als Sohn eines Geschäftsmanns, eines *Vaisyas,* hinterzog man eben Steuern im großen Stil.

8. Am siebten Tage sollst du ruhen

Wir schliefen nun also zu dritt in einem noch kleineren Zimmer als zuvor. Vikram, Amman und ich kämpften jeder um eine komfortable Schlafposition. Immer wieder schlang Amman abwechslungsweise einen Arm oder ein Bein um mich, und immer wieder befreite ich mich aus dieser seltsamen Art der Sympathiebekundung.

Wie schon an den vergangenen Morgenden erwachte ich auch an diesem so bedeutenden Sonntag durch den Fernseher. Bunte Wesen mit nackten Bäuchen hampelten zu einem synthetischen *Tabla*-beat über eine Alm. Heute würde das Paket im Zoll ankommen und diesen hoffentlich auch gestempelt wieder verlassen. Ich war angespannt und wunderte mich über mich selbst, als ich sogar den allmorgendlichen *Chai* negierte.

Meine Ernährung beschränkte sich an diesem ereignislosen Vormittag auf Wasser. Genug Nährstoffe bekam ich dadurch sicher. Die Stunden krochen dahin, und die schmutzigen Wände des Raumes begannen mich zu beengen. Nach einer Weile gingen wir für einen Moment vor die Tür, was jedoch auch nicht befreiender wirkte. Wir schlängelten uns einige hundert Meter die Strasse auf und ab, atmeten die schwere Luft und beobachteten, wie sich vor einem *Sadhu*, der persönliche Horoskope verteilte und seinen so geschätzten Segen verteilte, eine lange Schlange bildete. „Ein gutes Tagesgeschäft", dachte ich, und erinnerte mich an die vielen Scharlatane, die mir während der Reise begegnet waren. „Jeder verdient sein Geld mit dem, was er am Besten kann." Fast hätte ich, meine eigene Situation bedenkend, über diesen Gedanken gelacht. In keinem anderen Land der Welt, war Scharlatanerie ein so angesehener Beruf wie hier. Vom Slumbewohner bis zum Manager, waren sie alle an ihrem zweifellos gottgegebenen Schicksal interessiert.

Plötzlich musste ich an das Vollmondfest in Thiruvanamalai denken, wo sich monatlich eine viertel Millionen Pilger versammelten, um in einer riesigen Menschenkette 14 Kilometer singend um einen heiligen Berg zu wandern.

Damals hatte mich vor allem das immense Angebot an Handlesern, Horoskopisten und Hypnotiseuren beeindruckt, die sich an den Vorbeiziehenden einen goldenen Bart verdienten. Je länger der Selbige, desto besser der Umsatz, so schien es. Wenn auch mit einiger Faszination aufgrund der so ungeheuer beeindruckenden Kulisse, hatte ich diese Art des informellen Business als schamlose Abzocke empfunden. Allerdings, hatte ich nicht inzwischen auch begonnen, ein wenig jene Mentalität zu leben? Hatte ich nicht auch mittlerweile die Verantwortung für mein Glück, mein Schicksal in fremde Hände gelegt?

Selbst der frisch gepresste Ananassaft, den wir an einer Saftbar auf der Strasse erstanden, vermochte es an diesem Morgen nicht, mich auf andere Gedanken zu bringen.

Raj hatte sich in einem anderen Hotel einquartiert um völlige Handlungsfreiheit zu haben, die ich ihm auch keineswegs nehmen wollte, nur fühlte ich mich informativ völlig unterversorgt, als es mittlerweile 3 Uhr war und wir uns noch immer blutige Aktionthriller reinzogen. Die beiden anderen schienen das TV- Programm sichtlich zu genießen.

Für die Zimmerjungen, die wir regelmäßig, und wegen jeder Kleinigkeit erscheinen lassen, müssen wir ein äußerst merkwürdiges Bild abgegeben haben. Zwei Nordinder, ein Nordeuropäer, die den ganzen Tag leicht bekleidet auf dem nur aus einem Doppelbett bestehenden Zimmer herumlungerten, und sich dekadent bedienen ließen.

„Es gibt Neuigkeiten" sagte *Raj*, als er endlich erschien, und ich hing ihm an den Lippen. „Der Zoll hat nach der Rechnung gefragt und auch nach dir!"

Ich spürte wie ich erbleichte.

„Unser Anwalt, den wir mit der Sache betraut haben, hat
erklärt, dass du dich momentan über 1000 km entfernt auf
Reisen befindest, und uns mit der Deklarierung beauftragt
hast. Auch hat er das Problem mit deiner Kreditkarte
erwähnt, weshalb es dir bisher nicht möglich war, den vollen
Betrag zu zahlen."

„Was jetzt?", fragte ich mit schwacher Stimme. Der
schlimmste Fall war also eingetroffen. „Wir haben einen
Antrag gestellt, dass du ausfliegen darfst, damit du von
Deutschland aus die Rechnung begleichen kannst, da dir
solange du hier bist die Hände gebunden sind." „Wie hoch
sind die Chancen, dass dem Antrag stattgegeben wird?" „Wir
brauchen jetzt noch eine Applikation von deiner Seite, und
wenn diese vorliegt, dann können sie nicht anders, als dich
fliegen zu lassen." Ich fühlte Hoffnung aufkeimen. „Was soll
ich schreiben?" „Ich werde mit meinem Anwalt sprechen"
sagte *Raj*. „Beruhige dich, wir haben nichts zu befürchten,
und eigentlich kann uns der Lauf der Dinge nur Recht sein,
schließlich will keiner von uns, dass der Zoll dich zu einem
Gespräch einlädt, und Fragen stellt, die du nicht glaubwürdig
beantworten kannst. Trotzdem solltest du heute dein Zimmer
möglichst nicht verlassen, da es sein kann, dass sie dich
anrufen, um dir die Standardfragen zu stellen." „Die da
wären?" fragte ich besorgt.„Na ja, ob du die Steine zum
persönlichen Gebrauch gekauft hast, und kein
Geschäftsmann bist und so weiter. Niemand will große
Geschichten von dir hören." Genau das war es allerdings,
was mir längst im Kopf herumspukte. Ich bastelte an den
verschiedensten Versionen herum und legte mir die
glaubwürdigste im Kopf zurecht. „Mach dir keine Sorgen.
Ich werde jetzt noch einmal mit meinem Anwalt sprechen,
und ihr könnt währenddessen zur Bank fahren, um soviel wie
möglich von deinem Konto abzuheben, damit wir zeigen
können, dass wir uns weiterhin bemühen, Geld zu
bekommen.

Heute Abend sehen wir uns wieder, und morgen sitzt du vielleicht schon im Flugzeug." „Sie erzählen einem aber auch wirklich immer, was man hören will!", dachte ich, und es schossen mir etliche Situationen durch den Kopf, in denen ich erst nachher verstanden hatte, das es sich schon wieder um eines dieser „no problem"- Versprechen handelte.

Von diesem Punkt an, wurde der Sonntag zur Hölle. Ich fühlte, wie das Eis unter meinen Füßen immer dünner wurde, und sah mich bereits mit 5 schwitzenden Gangstern in einer 10 qm² Zelle sitzen, und auf meine Verhörung als potentieller Steuerhinterzieher warten. Was war das plötzlich für ein Film? Rubine, Smaragde, Diamanten im Wert von 10000€ auf meinem Namen im indischen Zoll? Jeder Idiot wusste, dass es besser war, sich mit solchen Instanzen erst gar nicht anzulegen. Der Punkt, der mich etwas beruhigte war die Tatsache, dass für die Familie von *Raj* viel mehr vom Gelingen der Aktion abhing als ein paar Monate Knast oder ein fettes Bußgeld.
Sie würden alles daransetzen, sich heil aus der Sache herauszuwinden, der Name Ali Husain war einfach zu renommiert für einen solchen Skandal. Und schließlich gab es in diesem Land immer noch Register, die man im Notfall ziehen konnte, und die selbst bis in die höchsten Regierungsämter noch äußerst wirksam waren. Bakschisch! Ich hätte nie gedacht, dass mich der Missstand der Korruption jemals hätte beruhigen können, und vor allem wollte ich meine Position in diesem mittlerweile absurden Spiel einfach nicht wahrhaben. Ich wurde immer nervöser.
Natürlich tauchte *Raj* nicht mehr auf, aber glücklicherweise blieb auch das Telefon still. Bis spät in die Nacht verwickelte ich die Beiden immer wieder in meine wirren Gedanken, und wir diskutierten solange immer wieder über die gleichen Dinge, bis Amman mich merken ließ, dass ich ihm längst auf die Nerven ging. Dies beruhte allerdings seit geraumer Zeit auf Gegenseitigkeit.

Vikram verbrachte etwa 4 Stunden pro Tag vorm Spiegel, und seine einzige Sorge schienen seine Haare und sein Bizeps zu sein, und der ewig entspannte Amman, trainierte in Erwartung einer konstruktiven Kritik sein Macho- Deutsch:
„ Dein Vater ist ein Dieb, oder? Er hat zwei Sterne vom Himmel geklaut!“, was anfangs noch sehr amüsant war, aber mit der Zeit meinen Brechreiz zurück auf den Plan rief. Ich fühlte mich einsam. Es gab niemandem, mit dem ich über meine Gedanken und Gefühle hätte sprechen können, und auf Verständnis gestoßen wäre.

9. „No problem“

„Schreib auf“, diktierte mir *Raj* diesen kongenialen Antrag, für dessen so exakte und vorsichtige Ausdrucksweise erst mit Rechtsgelehrten durch das ganze Land telefoniert werden musste: „Sehr geehrte Damen und Herren, aus einem bestimmten Grund bin ich nicht in der Lage, meine Kreditkarte in der vorgesehenen Höhe zu belasten, und möchte deshalb hiermit, um das Geschäft schnellstmöglich abzuschließen, den Antrag stellen, das Land zu verlassen. Durch Verkauf von Wertpapieren, der mir von hier aus nicht möglich ist, möchte ich die ausstehende Rechnung begleichen. In höchstem Respekt, Christopher Poeplau“ „Aus einem bestimmten Grund, also. Du denkst das können wir so stehen lassen?“ fragte ich skeptisch. „Dieser Antrag ist reine Formsache, das letzte Stück Papier, was uns noch fehlt; der Zoll hat keine andere Wahl, als diesen zu akzeptieren und dich fliegen zu lassen.“ Ich konnte es noch immer nicht glauben, dass plötzlich die indischen Behörden entscheiden sollten, ob ich das Land verlassen durfte, oder nicht. Außerdem hatte ich gerade beantragt, mein gesamtes Vermögen, das vom Zeitpunkt meiner Geburt an langsam aber beständig gewachsen war, für etwas auszugeben, was ich nicht einmal haben wollte. Doch das Geld war mir nicht mehr wichtig. Inzwischen ging es mir nur noch darum, diesen merkwürdigen Film zu beenden.

„No problem!“, sagte *Raj*, und befand sich schon fast wieder auf dem Weg zur Tür. „Was machst du jetzt?“ „Ich werde versuchen dein Ticket zu tauschen, denn ein Neues können wir dir natürlich jetzt nicht mehr kaufen, es sähe schon etwas merkwürdig aus.“ „Und du willst mir erzählen, du könntest jetzt mal eben einen Platz für die nächsten Tage in den Fliegern von Chennai nach Muskat, von Muskat nach Bahrrain und von Bahrrain nach Frankfurt bekommen?“

„Nicht in einem gewöhnlichen Reisebüro" grinste *Raj*. Natürlich. „Wie kann es sein, dass ein Typ, der seit Jahren in Europa wohnt, ursprünglich aus Jaipur in *Raj*asthan kommt, und dessen Familie sich geschäftlich in Bombay konzentriert, im Süden dieses riesigen Landes über derartige Beziehung verfügen kann?" dachte ich, und schüttelte wahrscheinlich den Kopf. Jedenfalls war ich froh, dass sich nun um den wichtigsten Teil der Aktion gekümmert wurde.

„Ich bin gespannt, was er zum nächsten Mal für Neuigkeiten mitbringt", wandte ich mich an Amman. „Du wirst sehen, morgen bist du auf dem Weg nach Chennai, und wenn du willst, lassen wir dich dorthin fliegen." „No problem, was?" „No problem, mein Freund", meldete sich nun auch Vikram wieder zu Wort. „Was hältst du eigentlich von meiner neuen Frisur, meinst du ich kann so auf die Strasse gehen?" „No problem, mein Freund", beendete ich dieses Thema.

Wieder machten wir uns auf den Weg ins Bankenviertel, um meinem Konto ein weiteres Stück Speck von den Rippen zu schneiden.

Nicht dass ich diesen Umstand gut hieß, aber ich hatte das Gefühl, das meine Beziehung zu meinen Partnern mittlerweile eine neue Ebene erreicht hatte. Als wir uns die gewohnte *Riksha*rückbank-Zigarette teilten, entwickelte sich immer mehr ein Gefühl der Zusammengehörigkeit. Die vormittäglichen Touren durch die geschäftige Stadt, bei denen wir uns stets zu dritt in ein *Riksha* drängten, waren mittlerweile Routine. Der Blick auf meine Umwelt hatte sich zweifellos verändert, seitdem ich diese Menschen kennen gelernt hatte. Ich schwebte in einem mir bisher völlig unbekannten Zustand, einer Art Pararealität.

Ich atmete dieselbe Luft, wie die Menschen um mich herum, und war physikalisch unter ihnen, fühlte mich jedoch zwischen Amman und Vikram in diesem engen Gefährt mit den Gittern an der Seite, nicht als freier Mensch. Ich spielte eine Rolle, lebte nicht mein Leben.

Das hier war nicht Ich!

„Ich erschaffe gerade Stoff für einen Roman oder einen spannenden Film", kam es mir in den Sinn.

Nachdem wir einige Banken abgeklappert hatten, und das Plastik meiner Kreditkarte zu schmelzen drohte, kehrten wir zurück ins Hotel und ließen ein üppiges Mahl auftragen.
Das Bettlaken hatte sich mittlerweile zu einem Mosaik aus Fett-, Curry- und *Dal*-flecken entwickelt.
„Wir sind religiöse Menschen", wehrte Amman meinen Versuch ab, die beiden mittels Digitalkamera zu verewigen, und da wir gerade sehr interessiert eine Grundsatzdiskussion auf Quran-TV verfolgt hatten, respektierte ich diese Äußerung.
Später gelang es mir allerdings, unbemerkt einige Aufnahmen zu machen. „Vikram ist es schließlich gewohnt fotografiert zu werden" dachte ich.
Auch an diesem Tag meldete sich *Raj* erst sehr spät, und wieder hatte er keine sonderlich guten Nachrichten für mich.
„Dein Flugticket ist scheinbar ein Sonderfall, da Gulf Air daran keinen Cent verdient hat!" „Wie ist das möglich, ich habe es doch selbst bezahlt?" fragte ich erstaunt. „Du hast das Reisebüro bezahlt, aber die haben das Ticket im Rahmen einer speziellen Aktion von der Fluggesellschaft geschenkt bekommen, und deshalb müssen wir auf eine Erlaubnis aus Frankfurt warten, um das Ticket umbuchen zu können, was uns auch ein wenig kosten wird. No problem, mein Freund. Gib mir nur noch etwas Zeit."

„Also noch mehr Komplikationen" dachte ich, und merkte, wie meine Energie, die ich anfangs bereit war in diese Sache zu investieren, endgültig zu Neige ging. Was passierte hier? Was würde noch alles passieren? Ich verfluchte mich selbst, dass ich mich überhaupt in diese Situation hineinmanövriert hatte.

In der Nacht träumte ich von meinem Freund Kalimuthu, den ich damals am Beginn meines Indienaufenthalts getroffen hatte. Ich sah, wie wir mit seinem körperlich stark behinderten Sohn und seinem einzigen Hahn auf einer alten 50er TVS über die buckligen Pisten des ruralen Tamil Nadus bretterten, um in einem mitten im Wald gelegenen Shivatempel sein monatliches Ritual zu vollziehen.

Da sein Sohn mit seinen 14 Jahren mittlerweile eine recht stattliche Größe erreicht hatte, er jedoch nicht laufen konnte, hatte Kalimuthu mich gefragt, ob ich ihm bei dieser Aktion behilflich sein könnte. Begeistert hatte ich eingewilligt.

Ein schlaksiger Bauer mit Lockenmähne und einem Hahn in der Jutetasche, gefolgt von einem damals noch käsig weißen Europäer mit einem Jugendlichen in den Armen gab natürlich auf dem gut besuchten Tempelgelände ein bizarres Bild ab. Während Kalimuthu und sein Sohn sich die Köpfe kahl scheren ließen, um *Shiva* gepflegt unter die Augen treten zu können, und sich anschließend mit einer gelben Paste die Glatze, und auch das Gefieder des armen Opfertiers einrieben, beobachtete ich das Geschehen. Einige Wandermönche waren unterdessen eingetroffen und begannen ihre rituelle Waschung. Immer wieder kamen einige Affen von den Bäumen, und spekulierten auf die Barmherzigkeit der Gläubigen.

Plötzlich, ohne dass ich es merkte, schlich sich ein besonders frecher Makake von hinten an mich heran, und zog mir ein kleines Paket aus der Hosentasche. Ich konnte gerade noch erkennen, dass er sich mit seiner Beute auf einen großen *Banjanbaum* flüchtete.

Neugierig öffnete er das Päckchen, und als ich ihn endlich entdeckte, traute ich meinen Augen kaum. Der Affe war von oben bis unten mit Juwelen behangen und kämmte sich seine öligen Locken, während er Laute ausstieß, die einem höhnischen Gelächter gleichkamen.

Ein Knie landete unsanft in meiner Magengegend und brachte mich in die nicht sehr viel realer erscheinende Realität zurück. Amman hatte wieder einmal von seiner deutschen Freundin geträumt. „Könntest du versuchen, deine Körperteile in Zukunft bei dir zu behalten?" fragte ich gereizt. „No problem" war seine Antwort.

10. Dünnes Eis

Am nächsten Morgen machten wir uns erneut auf den Weg zur MG Road, um das von meinem Vater überwiesene Geld bei Western Union abzuholen, da wir am Abend vorher beschlossen hatten, es sei das Beste, dem Zoll weiterhin unsere Bemühungen zum Begleichen der Rechnung zu bekunden. Nachdem ich in Aussicht gestellt hatte, dass ich in den nächsten Tagen in Deutschland sein würde, hatten meine Eltern sich zu weiteren Transaktionen bereiterklärt. Wie gewohnt gab ich Amman die Quittung und steckte das Geld ein. Hätte ich versucht alle Banknoten, die ich in den letzten Tagen erhalten hatte, in meinen ‚money belt' zu stopfen, hätte man mich wahrscheinlich für hochschwanger gehalten. „Es fühlt sich nicht gerade großartig an, mit soviel Kohle durch die Welt zu wandeln" sagte ich zu Amman, und kaute an meiner Frühstücksbanane. „Wir können später mit *Raj* sprechen, wie wir dieses Problem lösen."

Dieses ‚später' war glücklicherweise dieses Mal nicht wie das gewohnte ‚später', denn bereits eine halbe Stunde nachdem wir unsere täglichen Geldgeschäfte abgeschlossen hatten, meldete sich *Raj* und informierte mich über meinen Flug am Donnerstagmorgen. „Ich musste 300 Euro drauflegen, aber jetzt hast du deinen Rückflug." „In zwei Tagen, also" dachte ich, „viel zu früh, und doch längst überfällig!"

Die Aussicht, dieses Hotelzimmer und Bangalore morgen endlich verlassen zu können, stimmte mich friedlich. Ich nahm eine kalte Dusche.

„Was haltet ihr davon, wenn wir uns noch ein wenig herumtreiben, um unseren letzten gemeinsamen Tag in dieser Stadt etwas angenehmer zu gestalten?" fragte ich die Beiden, die sich längst wieder dem vormittäglichen Fernsehprogramm gewidmet hatten.

In den letzten 4 Tagen hatte ich weitaus mehr ferngesehen, als in den vergangenen 4 Monaten. „Wo willst du denn hin?" fragte Vikram in unmotiviertem Ton. „Wir könnten uns zum Beispiel den botanischen Garten anschauen" schlug ich vor.
Nach einer Weile harter Überzeugungsarbeit, standen wir schließlich wieder an der Straße, und versuchten einen *Riksha*fahrer zu finden, der blöd genug war, uns durch die zähflüssige Blechmasse ans andere Ende der Stadt zu befördern.
Während der Fahrt beschäftigte ich mich mit meiner Digitalkamera und stellte erstaunt fest, dass die Fotos, die ich von den beiden geschossen hatte nicht mehr da waren.
Ich fühlte mich hintergangen und regte mich auf: „Was ist das Problem, verdammt?" „Ich habe dir doch schon gesagt, dass ich ein sehr religiöser Mensch bin" antwortete Amman wenig schuldbewusst. „Ich habe eher den Eindruck, als wolltet ihr Beweismittel vernichten, oder um jeden Preis vermeiden, mit mir in Verbindung gebracht werden zu können."
„Unsinn" mischte sich Vikram ein, „wenn du willst, kannst du so viele Fotos von mir machen wie du willst, aber du musst respektieren, das Amman sein Leben nach dem Koran ausrichtet." „Das tue ich ja auch" gab ich zu verstehen, „aber es kommt mir eben ein wenig komisch vor, dass er sogar ohne mein Wissen meine Fotos löscht. Ihr setzt mein Vertrauen aufs Spiel!" „Wenn du willst, kannst du meinen Passport fotografieren" besänftigte mich Amman und damit war das Thema beendet. Ich tat diesen Vorfall als eines der kulturellen Missverständnisse ab, die sich zwangsläufig von Zeit zu Zeit ergaben. Die Konfusion wurde jedenfalls nicht gerade weniger, je länger ich mit diesen Menschen lebte.
Unmittelbar nach betreten des riesigen Gartens, änderte sich meine Stimmung. Die Luft war sauber und die Menschen, unter denen sich auch einige Touristen befanden, bewegten sich in einem anderen Tempo, als außerhalb des durch Mauern abgegrenzten Geländes.

Besonders die Vielfalt an verholzten Pflanzen war beeindruckend. Riesige Koniferen von den Südhängen des Himalajas, Mango- und Betelnussbäume bildeten einen künstlichen Mischwald, der von breit angelegten Alleen durchzogen war.

Es gab einen Rosengarten, ein Vogelhaus, einige Fontänen, Gewächshäuser, einen mit Seerosen bedeckten See und Monumente von berühmten indischen Persönlichkeiten, die natürlich in keinem öffentlichen Park fehlen durften.
Ich ließ mich zurückfallen und genoss die Sonne auf meiner Haut und die Langsamkeit des Moments. Nach einigen Tagen Hotelzimmer und stinkendem Großstadtverkehr, war es nun endlich an der Zeit mal wieder Photosynthese zu betreiben. Ich wusste, dass die beiden nur für mich hierher gekommen waren, aber das störte mich wenig.
Es war an der Zeit Forderungen zu stellen, nachdem ich mich selbst dermaßen oft verbiegen musste. Wir bestiegen einen felsigen Hügel, auf dem sich ein kleiner Tempel befand. Von dort oben hatten wir einen schönen Blick über die Skyline der Stadt, der seine psychologische Funktion wie gewohnt erfüllte. Derartige Aussichtspunkte ließen mich die Welt und meine momentane Lebenssituation schon immer als unbeteiligter Dritter betrachten.
Allerdings handelte es sich hier, soweit ich mich erinnern konnte, um den ersten Aussichtspunkt, von dem aus ich das, was ich durch die Augen dieses Dritten sah, nicht mit einem Lächeln kommentieren konnte. Sicherlich gab es Zeitpunkte, an denen ich in gewisse Tiefen blickte, jedoch kündete etwas an der Szenerie stets von besseren Zeiten.
In diesem Fall jedoch, verhinderte die gewaltige Glocke, mit der der Smog die Stadt überzog, die Sicht auf den Horizont.
Eine gewaltige Ungewissheit nagte an mir, und ich ernannte sie zu einem der vermeidenswertesten emotionalen Zustände.
Ich fühlte mich wie ein übergewichtiger Spaziergänger auf einem zugefrorenen See.

Wie würde ich die Welt in einer Woche betrachten? Würde ich wirklich mit einem Lächeln aus der Sache rausgehen? War ich denn überhaupt mit einem Lächeln hineingegangen? Eigentlich konnte doch nicht mehr viel schief gehen, wenn ich meinen Partnern trauen konnte. Ich würde ausfliegen, das Geschäft beenden und die Steine erhalten.
Das einzige Problem laut *Raj* war es nun, die Transaktion möglichst schnell zu beenden.
Ein Paket, was zu lange auf dem Zoll lag, und damit meinte er mehr als eine Woche, könne zum Objekt genauerer Betrachtung werden und unser Fall könne einer Untersuchungskommission vorgelegt werden, die weder bestechlich noch rechtlich eingeschränkt sei. Mit anderen Worten: die Zeit wurde knapp. Von nun an musste alles glatt laufen, um das vermeintliche Zeitlimit einzuhalten. Was mir Sorgen machte war die Tatsache, dass bisher allerdings nicht besonders viel glatt gelaufen war. *Raj* hatte mir erzählt, dass seine Leute die zuständigen Beamten bereits täglich mit Süßigkeiten und anderen Nettigkeiten bei Laune hielten, was scheinbar in Indien gängige Praxis war, um ein angenehmes Arbeitsklima zu schaffen. Wer waren diese Leute, die ich mit meinem Schicksal jonglieren ließ, und was stand wirklich in ihrer Macht?
Wir beschäftigten uns eine Weile mit frisch gerösteten Erdnüssen, und ich umrundete den alten Tempel, der offenbar *Hanuman* gewidmet war, bevor wir diesen zweifellos kraftvollen Ort wieder verließen. Erst von seiner Rückseite betrachtet fiel mir auf, wie sehr sich der nackte Fels von seiner grünen Umgebung abhob.
„Wir kommen eigentlich aus Neu Seeland aber wohnen seit einiger Zeit in der Schweiz" sagten die beiden Mädchen, nachdem Amman auf Deutschland und ich auf Australien getippt hatte.
Wir saßen auf der Wurzel eines riesigen *Banjans* und unterhielten uns mit den Touristinnen, die mindestens so angetan von der Pflanze waren, wie Amman von ihnen.

„Am liebsten würde ich in diesem Baum wohnen.", meinte
die in bunte Tücher eingehüllte Blondine. Amman probierte
noch einige seiner deutschen Macho-Sprüche, bevor unsere
Gesprächspartner ihren Weg fortsetzten. Ich blickte Ihnen
hinterher und wurde neidisch. Noch vor einer Woche, war
ich mit dem gleichen offenen Geist, manifestiert in einem
Dauerlächeln, durch dieses fantastische Land gestreift.

Es folgte eine ausgedehnte Diskussion über Indientouristen,
die sich nach Ammans' Auffassung, ganz im Gegensatz zu
ihrem Leben in der westlichen Welt, alle plötzlich auf dem
spirituellen Pfad der Selbstfindung befänden, und sich dabei
im Kreis drehten.
„Man reist von *Guru* zu *Guru* und von Ashram zu Ashram,
nimmt an Vipassana- Kursen teil und lernt in Seminaren
‚The art of life', ohne zu wissen, wonach man eigentlich
sucht; und wenn man nach Europa zurückkehrt, dauert es
einige Tage und man hat alles wieder vergessen."

Wir schlenderten durch den Park und wurden dabei von
einem neugierigen Tamilen aus Chennai begleitet, der uns
erzählte, dass er sich gerade auf dem Weg an die Westküste
befände. Wie so Viele vor ihm, griff auch er nach meiner
rechten Hand und ließ sie nicht mehr los. So gingen wir
händchenhaltend dem Ausgang entgegen.
Anfangs war mir diese freundschaftliche Geste immer ein
wenig unangenehm gewesen, doch mittlerweile ignorierte ich
es fast.

„Soll er sich doch an mir festhalten, wenn es ihm gefällt"
dachte ich vielmehr routiniert als irritiert. In der indischen
Gesellschaft gab es einige Aspekte, die, besonders wenn man
sie sich in Europa vorzustellen versuchte, sehr zum
schmunzeln anregten, auf der anderen Seite natürlich
genauso viele die mich traurig stimmten.

Man wandelte stets mit einem lachenden und einem weinenden, aber ununterbrochen mit weit aufgerissenen Augen durch diese Umwelt; und wären Nasenlöcher zu derartigen Emotionsäußerungen befähigt, wäre es ihnen nicht anders ergangen.

„Außer deinem Flugticket habe ich dir auch einen Platz im Zug nach Chennai organisiert, was gar nicht so einfach war", meinte *Raj*, der uns bereits erwartete. „Du fährst morgen um 14.00 mit dem Express Richtung Osten, und kommst am späten Abend an." Zum wiederholten Male regte ich mich auf, dass über meinen Kopf hinweg entschieden wurde, wann ich wie und wohin unterwegs sein würde. „Ich habe eine weitere Western Union Überweisung abzuholen, was ich nur noch morgen früh in Bangalore erledigen kann. In Deutschland öffnen die Banken um 8.30, was bedeutet, dass uns nur sehr wenig Zeit bleibt, das Geld zu besorgen.
Ich hätte auch genauso gut mit Bus oder Taxi nach Chennai fahren können, ich fliege schließlich erst übermorgen." Zum ersten Mal entwickelte sich ein kleiner Streit, da auch an den Jungs die letzten Tage nicht spurlos vorüber gezogen waren. Wir waren mittlerweile alle etwas gereizt und dem verliehen wir nun Ausdruck.
Nachdem wir uns wieder beruhigt hatten eröffnete ich *Raj*, dass ich nur sehr ungern mit einer mehrere *Lakhs* schweren Geldbörse unterwegs sein wollte, und er bat mir an, die Scheine an sich zu nehmen und mir später über den Kontaktmann auszuzahlen.
Ich wusste, dass ich nicht mehr als ein paar tausend Rupien ausführen durfte, und andrerseits, dass es das Geldwäschegesetz gab, was mir verbot, hohe Beträge ohne einen genauen Nachweis über die Herkunft bei mir zu haben. Derartige Probleme beim deutschen Zoll oder einer der anderen zu überquerenden Grenzen wollte ich um jeden Preis vermeiden.

Fast dankbar für sein Angebot, und ohne weiter darüber nachzudenken, händigte ich *Raj* die Geldbündel aus und behielt gerade soviel, dass ich die letzte Nacht in Chennai bezahlen konnte.

11. Allah ist groß

„Wenn wir uns wieder sehen, wirst du uns ganz anders kennen lernen als jetzt" sagte Amman, der lässig an der niedrigen Mauer lehnte, die ihn von der vier Stockwerke tieferen Straße trennte. Wir hatten das Dach unseres Hotels okkupiert und tranken *Chai*. „Wir werden dir die schönsten Ecken von Bombay zeigen, und dich unseren Familien und Freunden vorstellen. Wenn man Geschäfte miteinander macht, ist die Stimmung immer etwas anders, als wenn man sich als Freunde begegnet", meinte er. Wir waren wirklich schon eine ganze Woche zusammen. Ich konnte mir sehr gut vorstellen, dass die beiden nach meinen penetranten Fragen und den ständig aufkeimenden negativen Gedanken sich ähnlich stark auf meine Abreise freuten, wie ich selbst.
Wir diskutierten eine Weile über „Mutter Indien", ihre einmalige Kultur und Gesellschaft, über die Menschen in diesem Land und unsere Zukunftspläne. Vikrams großer Traum war es, bei der Endausscheidung für die „Mister India"- Wahl dabei zu sein, und anschließend seine Karriere in *Bollywood* zu beginnen, wofür ein schauspielerisches Talent natürlich nicht erforderlich wäre. „ Die Vorrunde in Bombay beginnt schon in 3 Wochen", eröffnete er uns „und ich werde in der nächsten Zeit hart arbeiten müssen, da sich nur 30 Teilnehmer für den Contest qualifizieren können."
Durch diese wichtigen Informationen bereichert, blickte ich über die Dächer der Stadt, die das warme Licht der untergehenden Sonne atmosphärisch reflektierten. Auf dem Haus gegenüber saßen zwei Mädchen und würfelten. Auf einem anderen Dach hängte eine Frau ihre bunte Wäsche zum trocknen auf. Im krassen Gegensatz zum hektischen Feierabendverkehr auf den Strassen unter uns, strahlte die Szenerie hier oben eine große Gelassenheit aus.

Man hatte das Gefühl, sich in einer anderen Sphäre zu befinden. Für die Leute hier, war das Dach etwas vergleichbares, wie der durch Hainbuchen-Sichtschutzhecken abgetrennte Garten in jeder Neubausiedlung in Deutschland, oder etwa das „inner sanctum" in einem Hindu-Tempel. Ein Ort der Ruhe, der privaten Besinnlichkeit, in gewisser Weise ein Heiligtum, das nur den Angehörigen der eigenen Familie oder Religion zugänglich war. Eine Oase in einer Welt der Öffentlichkeit.

Erneut stellte ich fest, dass alle indischen Städte aus dieser Perspektive gleich aussahen.

Wasserkanister, Stromleitungen, Satellitenschüsseln und Wäscheleinen beherrschten das Bild dieser scheinbar endlosen Landschaft. Hier und da ragte ein *Minarett* oder eine *Gopura* zwischen den Häuserwänden empor. Meine Gedanken wanderten durch die vielen wunderbaren Erlebnisse der letzten Monate.

„Möchtest du dich in Europa niederlassen?" fragte ich Amman, der neben mich getreten war, und sich eine Zigarette anzündete.

„Ich überlege, ein Geschäft auf Sylt zu eröffnen, und für ein paar Jahre dort zu leben, aber später möchte ich auf jeden Fall zurück nach Australien!" grinste er. „Ich liebe Indien, aber hier zu leben kann ich mir nur sehr schwer vorstellen."

„Sei froh, dass du die Wahl hast" erwiderte ich „das unterscheidet dich von den meisten deiner Landsleute."

Mit dem Ruf des *Muezzins* zum Abendgebet verließen wir das Dach und machten uns hungrig auf den Weg zur MG Road, um den vorerst letzten gemeinsamen Abend gebührend ausklingen zu lassen.

Nachdem wir auf meinen Vorschlag hin die Fähigkeiten eines Fast- Food Pizzarestaurants getestet und für ‚gar nicht mal so schlecht' befunden hatten, wanderten wir auf den breiten, jedoch immer noch engen Gehwegen durch das Zentrum.

Ein Mädchen mit einem Kleinkind auf dem Arm blickte mich mit ihrem großen schwarzen Augen durchdringend an, während sie nach Rupies fragend eine ganze Weile neben mir herlief. Mitleidig betrachtete ich dieses hübsche Geschöpf in ihren zerrissenen Kleidern und gab ihr schließlich unauffällig, so dass die vielen anderen Bettler, die zu dieser Stunde auf den Straßen Bangalores unterwegs waren, nichts davon mitbekamen, einen Zehner.

Die urbane Nacht hatte in Indien stets einen besonders atmosphärischen Eindruck auf mich gemacht.

Städte wurden für mich immer erst mit dem Eintreten der Dunkelheit wirklich interessant.

Die meisten Geschäfte waren noch geöffnet und lieferten sich mit ihren Leuchtreklamen einen heißen Kampf um den höchsten Stromverbrauch.

Die vielen kleinen Garküchen waren gut besucht und liefen auf Hochtouren. Ein schwerer Duft von heißem Öl und süßen wie scharfen Gewürzen schwängerte die dicke Luft, die sich langsam abkühlte. Man amüsierte sich. Die allzu geschäftigen Stunden des Tages waren vorbei, und man bewegte sich mit einem süßen Pan in der Backe langsam durch die Szenerie.

Diese vermeintliche Köstlichkeit, die aus einem mit Betelnussstückchen, Calciumcarbonat, süßen Gewürzen und manchmal auch Kautabak gefüllten Blatt bestand, wurde von Bauchladenhändlern meist in der Nähe der zahlreichen Restaurants verkauft, und von vielen Einheimischen als verdauungsfördernder Degustiv genossen.

Die leicht berauschende Wirkung, war bei den oft sehr abstinenten Hindus, zumindest was den Alkoholkonsum in der Öffentlichkeit anging, ein äußerst willkommener Nebeneffekt.

In einer Shishabar, wo ungewöhnlicherweise noch immer Musik gespielt wurde, setzten wir uns nieder und rauchten die Friedenspfeife, bis wir uns als die letzten Gäste mit einer gereizten Bedienung konfrontiert sahen.

Nachdem wir Vikram zu seinem ersten aktiven Rauchkonsum in seinem Leben gebracht hatten, wurden wir schließlich rausgeschmissen. In bester Laune traten wir den Heimweg an, nachdem ich dem hungrigen Rudel *Rikshawallahs*, die uns sogleich belagerten als wir auf die Straße traten, erklärt hatte, dass ich weder Haschisch, noch Opium, noch eine Frau kaufen wollte.

"Ich werde morgen früh mit *Raj* in die Moschee gehen, da morgen ein großer muslimischer Feiertag ist" erklärte Amman, nachdem wir wieder auf unserem Zimmer waren. "Was feiert ihr?" fragte ich interessiert und er erzählte mir die Geschichte vom Berg Arafat und dem Wunder mit der Ziege.

"Deshalb wird morgen in jeder muslimischen Familie, zu Ehren Allahs und seiner großen Güte, eine Ziege geschlachtet."

"*Allah akbar*" bemerkte ich lächelnd. "*Allah hu akbar*, mein Freund" meinte Amman.

Am nächsten Morgen war Amman bereits verschwunden als ich aufwachte.

"Wie lang wird er weg sein?" fragte ich Vicky, der gerade den ersten *Chai* bestellt hatte und sich um seine Frisur kümmerte. "Ich denke, dass er in einer Stunde wieder hier ist, und wir zur Western Union fahren können." entgegnete er. "Das wäre auch besser so, denn es wird wirklich sehr knapp, falls er später kommt." Stark hustend stand ich auf und begann, meinen Rucksack zu packen.

Ich hatte mich erkältet. Die vielen Klimaanlagen und Ventilatoren, stark erhöhter Tabakkonsum, die Wasserpfeife von gestern Abend, mein ohnehin aus der Balance geratenes System und die Aussicht auf winterliche Temperaturen reichten aus, um mir diesen Zustand zu erklären.

Wir warteten eine ganze Weile und vertrieben uns die Zeit, wie sollte es anders sein, mit fernsehen.

Auf den meisten Programmen liefen Live-Übertragungen aus wichtigen muslimischen Zentren, wo tausende, in weiße Gewänder gehüllte Pilger vorbeizogen, um sich zu den festlichen Riten dieses großen Tages zusammenzufinden.
Als Amman dann endlich eintraf, wurde mir das Ausmaß eines religiösen Festivals in dieser Größenordnung bewusst. "Heute haben alle Banken und öffentlichen Einrichtungen geschlossen", sagte er, und wusste bereits, dass meine Reaktion alles andere als erfreut ausfallen würde. Bisher hatten mich die Stilllegung der staatlichen Dienstleistungsunternehmen an den etlichen Feiertagen in diesem Land nicht weiter tangiert, aber gerade heute, wo ich innerhalb einer Stunde dreitausend Euro abzuholen hatte, was sehr wichtig war, musste natürlich diese verdammte Ziege gefeiert werden. "Aber Western Union ist doch ein Privatunternehmen" bemerkte ich "und Geschäfte haben doch heute auch nicht geschlossen."
"Du hast recht, wir werden ein Western Union Büro finden, dass sich nicht in einer Bank oder Post befindet." entgegnete Amman.

Zum letzten Mal machten wir uns also gemeinsam auf den Weg ins Zentrum. Während das *Riksha* sich durch den gewohnten Tumult kämpfte, überlegte ich, wie hoch die Wahrscheinlichkeit wäre, dass soviel schief läuft, wie bei uns in den letzten Tagen.

Genau genommen hatte sich jedoch alles am Ende zum Guten gewendet, und so hoffte ich auch diesmal auf einen versöhnlichen Ausgang;
 Allah um einen solchen Gefallen zu bitten, erschien mir momentan allerdings ein wenig unpassend. Es war mittlerweile 12.30 Uhr. Die Banken in Deutschland würden jeden Moment öffnen, so dass das Geld überwiesen werden könnte.

Wir hatten noch zwei Stunden Zeit, um eine geöffnete Geschäftsstelle zu finden, das Geld zu erhalten, zurück zum Hotel zu fahren, und schließlich den Bahnhof zu erreichen. Ich konnte kaum glauben, dass es schon wieder so spannend werden musste. Momentan jedoch bewegte sich gar nichts. Wir kamen nur sehr schleichend vorwärts und gerieten in viele Rotphasen, die endlos zu dauern schienen. Jede Minute, die wir im Verkehr steckend verloren, fühlte sich an wie zehn, und ich spürte auch bei Vicky und Amman eine wachsende Anspannung.

Falls wir das Geld heute nicht bekämen, müsste mein Vater die Transaktion zurückziehen und wir würden wertvolle Zeit verlieren, da wir erst nachdem ich in Deutschland wäre weiteres Geld fließen lassen könnten. Es hatten sich also weitere Unsicherheitsfaktoren in die anfangs so einfache Rechnung eingeschlichen. Aus einer einfachen Kausalkette war eine Gleichung mit etlichen Unbekannten geworden, die zu lösen ich mich nicht mehr im Stande gesehen hätte. "Vielleicht sollte ich wirklich Allah mit dieser Aufgabe betrauen" sinnierte ich.

12. Abschied

Wir passierten viele festlich gekleidete Moslems, die die Straßen bevölkerten und den Verkehr noch unübersichtlicher und vor allem undurchdringlicher machten. Unter anderen Umständen hätte ich mich an diesem Bild erfreut, jedoch im Kampf gegen die Zeit konnte ich mir nichts Schlimmeres vorstellen. Angestrengt suchte ich nach der schwarz gelben Western Union Werbefläche, aber alle die ich entdeckte, waren mit einer Bank verknüpft, folglich heute geschlossen. Die Sorgenfalten auf meiner Stirn füllten sich mit Schweiß, denn die Mittagshitze senkte sich gnadenlos über die Stadt. Das ständige Gehupe und die dichten Abgaswolken setzten mir zu.

Plötzlich fiel mir ein, dass sich die Western Union, bei der wir bereits am ersten Tag Geld erhalten hatten, in einem Gebäude befand, wo verschiedene private Finanzdienstleister und andere Firmen ihre Büros hatten. Ich teilte meine Erkenntnis den beiden anderen mit und zehn Minuten später hielten wir vor besagtem Gebäude. In schnellem Schritt wechselten wir die Straßenseite und betraten das gut besuchte Gebäude. "Ein gutes Zeichen" dachte ich. Wir nahmen den Aufzug in den dritten Stock und erwarteten gespannt in meinem Fall, und wie immer völlig entspannt in Amman's und Vikram's Fall, was wir dort vorfinden würden. Wir hielten zunächst auf der ersten Etage und ich erhaschte einen Blick auf die vergitterten Türen eines Firmenbüros. Mein Puls beschleunigte sich, als der Aufzug wieder anfuhr. Zu unser aller Erleichterung standen die Türen der Western Union sperrangelweit offen und es herrschte rege Betriebsamkeit. Ich trug mein Anliegen vor und setzte mich ungeduldig auf das Wartesofa. Meine Unterlagen mussten überprüft werden, bevor ich das Geld erhalten konnte. Gewohntes Prozedere. 13.10 Uhr.

Noch eine Stunde und 20 Minuten bis zur Abfahrt meines Zuges. "Hoffentlich haben sie genug Cash hier" gab Amman zu denken. "Wie meinst du das?" fragte ich.

"Immerhin geht es um 3000 Euro, und vielleicht sind sie hier
auf derartige Summen nicht vorbereitet."
Die Zeit lief davon.
Nervös klopfte ich einen Rhythmus auf das Leder des Sofas.
Es dauerte einige Minuten, bevor die leicht überforderte Frau
vom Schalter an besagten zurückkehrte und mich bat, ihr zu
folgen. Ich atmete auf.
Nach weiteren fünf Minuten standen wir endlich wieder auf
der Straße. Meine Seitentaschen waren prall gefüllt mit
Banknoten. Noch etwas mehr als eine Stunde. Ohne weitere
Zeit zu verlieren, machten wir uns auf den Rückweg.
Als wir schließlich ankamen, saß *Raj* in der Empfangshalle
und erwartete uns. Amman und *Raj*, die an diesem Morgen
beide äußerst herausgeputzt waren, begrüßten sich mit
Umarmung und Kuss. Auch ich wurde von *Raj* in den Arm
genommen und wünschte ihm "Fröhliche Ziege".

"Ich möchte, dass du mir den kompletten Firmennamen und
die Anschrift von Ali Husain, und außerdem deinen vollen
Namen aufschreibst. Immerhin habe ich dir mittlerweile fast
siebentausend Euro gegeben, ohne überhaupt zu wissen wie
du richtig heißt, wer du bist." Anstandslos wurden meine
Wünsche erfüllt, und schließlich blieb uns sogar noch genug
Zeit, einen kleinen Teil der Rupien in Euro umzutauschen,
um mir den Start in Deutschland und den Aufenthalt in den
Golfstaaten zu erleichtern.
Wir besprachen noch einmal alles in Ruhe, bevor ich auf
das Dach des Hotels zurückkehrte um mich still und feierlich
von Bangalore zu verabschieden.

Trotz meiner leichten Kopfschmerzen, und meinem
mittlerweile starken Husten, rauchte ich. Ich schickte dicke
weiße Ringe in die Luft, während mein Blick über die
bekannte Szene streifte.
Endlich war ein Ende in Sicht. Endlich wurde ich wieder
mein eigener Herr, und hatte den weiteren Verlauf der Dinge
zumindest zu einem gewissen Teil selbst in der Hand.

Das ewige "Was passiert jetzt" und "Was hat er gesagt" und "Was habt ihr vor" hatte mich im Laufe der Tage fast um den Verstand gebracht.

Dennoch bestand das Dressing meines Emotionssalats aus einer gehörigen Portion Wehmut über die Tatsache, das Land so sehr viel früher zu verlassen als geplant.

Selbst wenn ich in einigen Tagen bereits wieder hier sein sollte, würde doch alles anders sein als zuvor. Die letzten Tage hatten meine Sicht auf das Land verändert. Außerdem erschien mir eine Rückkehr auf der anderen Seite eines riesigen Berges zu liegen. Diesen galt es nun zu besteigen. Entschlossen machte ich mich auf den Weg zu den anderen. Ich hatte eine Mission zu erfüllen. Diese Tatsache vermittelte mir ein auf merkwürdige Weise erhabenes Gefühl. Es gab durchaus Momente, in denen jene anfängliche Zuversicht, jene Lust auf das mir Aufgetragene, die in den letzten Tagen so dermaßen gelitten hatte, sich plötzlich wieder meldete.

Ich würde mich außer Landes begeben, um mich vor den Fängen der Behörden zu retten und im Besten Fall viel Geld zu verdienen. Zehntausendeuro! Immer wieder wurde mir die Absurdität der Geschichte bewusst. Mir viel es sehr schwer, in irgendeiner Weise wertend auf mein Handeln zu blicken. Momentan sah ich mich völliger außer Stande mit dem Verlauf der Geschichte irgendetwas anzufangen, die Angelegenheit in irgendeine bereits vorhandene Schublade in meinem Kopf zu stecken, dafür war mir das Geschehene einfach zu fremd. Verbrechen oder gut genutzte Lücke? Bestechlichkeit oder Überzeugung? Geldgier oder Abenteuerlust?

Man hatte mich in eine Welt entführt, die der Meinen ungleich fremder war, als es dieses Land ohnehin schon war.

Aber war denn alles gleich absurd, was sich von dem unterschied, was man durch die Brille der Gesellschaft, in der man aufgewachsen war, als nicht normal ansah?

Warum sollte man nicht diese scheinbaren Grenzen, innerhalb derer man sich zu bewegen vermutete, in der kurzen Zeit die man auf diesem Planeten verbrachte übertreten, oder zumindest einmal einen Versuch unternehmen dies zu tun? War dies nicht genau die Botschaft, die Auroville, dieser einzigartige Ort, an dem ich eine so gute und wichtige Zeit verbracht hatte, wenn auch in einem völlig anderen Kontext für mich bereitgehalten hatte?

Natürlich war die jetzige Aktion, in der es ausschließlich um materielle Belange ging, die hinzukommend auch noch schmutzig waren, ein schlechtes Beispiel, dennoch verhielt sie sich doch nach dem Prinzip "wenn du wissen willst wie Kaffe schmeckt, probier ihn und verbring nicht dein Leben damit, die Tasse anzuschauen und von allen Seiten zu beschreiben". Würde man nicht einige bedeutende Chancen auf seinem Weg auslassen, wenn man ständig mit diesen 'dafür bin ich nicht geschaffen' - Scheuklappen durch die Welt wandelte?

Ich dachte an einen Spruch, den ich auf einer Wand in einem Guest house in den Bergen von Kerala gelesen hatte: "Du wirst nicht das bereuen, was du in deinem Leben getan hast, sondern das, was du nicht getan hast!"

Bereute ich nicht schon längst, was ich hier tat? War ich nicht schon längst viel zu weit gegangen? Ich hatte eine Schwelle übertreten und die dazugehörige Tür war längst ins Schloss gefallen.

Letztlich war es die Hoffnung auf ein baldiges, wenn möglich erfolgreiches Ende, die mir den für das Kommende nötigen Antrieb verlieh. Es gab ein Licht am Ende des Tunnels. Was würde ich sehen, wenn ich jenes Licht erreichte?

Raj händigte mir mein Bahnticket aus und wir machten uns auf den Weg zum nah gelegenen Bahnhof. Wir hatten noch mehr als zwanzig Minuten Zeit, es bestand also kein Grund zur Eile.

Ich plauderte mit Vicky über Bombay, wo er versprach mich nächste Woche vom Flughafen abzuholen und sein Zimmer mit mir zu teilen, worin er ja mittlerweile reichlich Übung besaß.

"Ruf mich an, sobald du in Frankfurt bist" sagte *Raj,* "alle weiteren Informationen erhältst du dort.

Mach dir keine Sorgen, in ein paar Tagen ist alles erledigt.

Es ist nur wichtig, dass wir weiterhin zusammenarbeiten, dann bist du bald wieder hier." „Ich wünschte, ich könnte dir das einfach abnehmen", antwortete ich seufzend.

Da wir noch einige Minuten Zeit hatten, besorgte Amman eine Runde soft Drinks und wir stießen auf unser aller Wohl an.

Ich schaute in die drei entschlossenen Gesichter mit ihrem "no problem, mein Freund" - Ausdruck und kippte die eiskalte Fanta in meinen schmerzenden Rachen.

Anschließend nahm ich meine Geschäftspartner nacheinander in den Arm und stieg in den Zug.

Das Abteil, in dem *Raj* einen Platz für mich reserviert hatte, war glücklicherweise eines der besseren, und so ließ ich mich auf dem bequemen Ledersitz nieder und freute mich auf die siebenstündige Fahrt zurück nach Tamil Nadu. Dorthin, wo alles begann. Ich ärgerte mich über die getönten Scheiben, die sich zwischen mich und die Landschaft stellten, aber tauschte Air condition, einzelne, gepolsterte Sitze und von mir aus auch getönte Scheiben gerne gegen überfüllte Holzbänke ohne Scheiben in den Fenstern.

„Ein Business Man reist Business Class", kam es mir in den Sinn und ich dachte an meine abrupte Evolution von Bauer, über Entwicklungshelfer, Wissenschaftler, Tourist bis hin zum Geschäftsmann, die ich in den letzten Wochen und Monaten in diesem Land durchlaufen hatte. Ein Inder brauchte dafür mehrere Leben.

Der ältere Herr neben mir, der sich in eine englischsprachige Tageszeitung zu vertiefen bemühte, sah mir meine Rolle sicher nicht an.

Bei vielen Indern in seinem Alter handelten ich und meinesgleichen uns lediglich den abwertenden Titel „Hippie" ein.

Ich erinnerte mich an eine Situation in den vergangenen Tagen, wo ich in einem Guest house einem benachbarten Rentnerehepaar einen schönen Tag wünschte und ich mit der knappen Bemerkung „Ah, Hippie!" in den Solchen geschickt wurde.

Bei meinem derzeitigen Auftreten konnte ich allerdings niemandem verübeln, mich als Landstreicher zu beäugen. Meine Haare waren sehr lang geworden, an der einen oder anderen Stelle verfilzt, und meine wenigen Textilien waren gebleicht und fleckig.

Dieser Umstand war gerade für Inder, die sehr viel Wert auf ihr Äußeres legten, und für die nur die heiligen Männer lange Haare haben durften, besonders schwer zu schlucken, vor allem, wenn es sich offensichtlich um einen Westler handelte.

In diesem Zustand hätte mein Auftreten beim Zoll sicherlich Zweifel an der Richtigkeit meiner 'ich will Juwelen im Wert von 10.000 Euro für private Zwecke kaufen'- Geschichte aufkeimen lassen. Ich war sehr froh, dieser Situation entgangen zu sein.

Ein wirklich guter Grund, sich tief ins Leder sinken zu lassen und der Dinge zu harren, die da kämen, befand ich.

Auf der ereignislosen Fahrt ließ ich kaum eine dahergelaufene Möglichkeit aus, meinen zurückkehrenden Appetit mit kulinarischen Kostbarkeiten zu versorgen, die in Minutenabständen von fliegenden Händlern durch den Zug getragen wurden, und so betrat ich sieben Stunden später mehr als gesättigt den imposanten und hoffnungslos überfüllten Hauptbahnhof von Chennai, Tamil Nadu.

Vorbei an duftenden Kardamomsäcken, wartendem Volk und Händlern drückte ich mich in Richtung Ausgang, wo ich in gewohnter Manier bereits von einem Pulk streitender *Rikshawallahs* erwartet wurde.

In den anderen Staaten waren die *Riksha*s stets schwarz mit gelbem Dach. Hier in Tamil Nadu, im äußersten Süden des Subkontinents war es, aus welchem Grund auch immer, andersherum.

Erst jetzt fiel mir auf, dass ich völlig planlos war. Mein Flug ging in etwa 10 Stunden. Ich entschied mich, möglichst nah am Flughafen abzusteigen und wenigstens die halbe Nacht zu schlafen. Ich schaute in den Nachthimmel und atmete tief durch. Hier draußen war es gute 15 Grad wärmer als im Zug. Ohne lange zu verharren, was mich in dem enormen Menschenfluss wahrscheinlich schnell um meine vertikale Position gebracht hätte, ließ ich mich von einem euphorischen Tamilen in Richtung *Riksha*parkplatz dirigieren und befand mich schon bald auf den bunten Straßen der Metropole.

Der Fahrer war glücklicherweise keiner von der gesprächigen Sorte, und so konnte ich dem beeindruckenden Großstadtdschungel die gebührende Bewunderung entgegenbringen. Endlich wieder allein. Wie sehr hatte ich diesen Zustand vermisst. Sich wieder in diesem sprichwörtlich wunderbaren Staat zu befinden, in dem ich mehr als drei fantastische Monate verbracht hatte, fühlte sich fast wie eine Heimkehr an.

Nach etwa 20 Kilometern auf meist vierspurigen, und trotzdem viel zu schmalen Straßen, ließen die Leuchtreklamen langsam nach, und die ersten Flughafenschilder taten sich auf. „Von hier aus sind es noch 2 Kilometer" sagte der Fahrer und entließ mich vor der Tür eines schäbigen Hotels. Ich bezog mein Zimmer und begab mich in das nahegelegene Restaurant, um mein letztes *Thali* zu zelebrieren.

Nachdem ich das reich gedeckte Bananenblatt erhalten hatte, gesellte sich ein strahlender , äußerst kleinwüchsiger Tamile an meinen Tisch.

Alsbald verwickelte er mich in ein Gespräch über den *Osho*-Ashram in Pune, wo er gerade mit seiner gesamten Familie eine zweiwöchige Meditation absolviert hatte.

Bis zum Ende unserer Unterhaltung war ich mir nicht sicher, ob er nur aus Ermangelung eines Gesprächsthemas die *Osho*-Geschichte erdichtet hatte, um sich einfach mit mir, einem in jene Schublade passenden Fremden zu unterhalten, oder ob er wirklich etwas mit dieser ominösen *Guru*gestalt zu tun hatte. Es war mir egal.

Wenn es keinen offensichtlichen Einstieg in eine Konversation gab, dann schuf man sich eben einen. Das war Indien. Stets offen und zu allerlei Oberflächlichkeit bereit, und doch meist gleichzeitig sehr tiefgründig, ja hinterhältig.

Nach einem gemeinsamen *Chai* traten wir auf die Strasse und der freundliche Zwerg verabschiedete sich von mir, indem er die Hände vor seinem Gesicht faltete und sich leicht verbeugte.

Ich beobachtete eine Weile den Verkehr. Man hatte in diesem Land stets den Eindruck, die Verkehrsteilnehmer würden ihre Hupe für das Gaspedal halten.

Auch jetzt noch waren die Strassen überfüllt von den massigen Lorries mit ihren nicht weniger massigen *Sound horns*.

Ich befand mich an einer Ausfallstrasse am Rand dieser riesigen, ständig wachsenden Stadt.

Ein letztes tete a tete mit dem Elend dieses unfassbaren Landes. Einige Hunde streiften links und rechts von mir apartisch um die zahlreichen, stinkenden Müllberge. Der Boden war übersät von rot gefärbtem Speichel, den betelnusskauende Passanten in einer hohen Frequenz von sich zu geben pflegten. Ein *Lungi*träger hatte den Selbigen soeben wenige Meter entfernt von mir hochgekrempelt und urinierte auf den Gehweg.

Eine allzu charakteristische Szene für eine durch maßlose Überzivilisation teils völlig unzivilisiert lebende Zivilisation.

Je länger man sich in dieser so verwahrlosten Umwelt aufhielt, umso schwerer fiel es zu begreifen, dass mit der *Saraswati*-Zivilisation eine der ersten hochentwickelten Gesellschaften überhaupt in Indien entstanden war.

Die Kapazitäten waren längst gesprengt.

Das Wasser im Topf kochte über, geriet außer Kontrolle, und jetzt hätte selbst gute Politik nicht alle Probleme dieser Menschen in den Griff bekommen können. Zu allem Überfluss war Indien bislang von einer solchen weitgehend verschont geblieben. „Ein uraltes, heiliges Land, in dem Korruption und Unterdrückung, sowie Elend und Gewalt allgegenwärtig sind, wird letztlich durch seine eigene Bevölkerung, und deren kollektiven und individuellen Nöte unaufhaltsam zu Grunde gerichtet" dachte ich jedes Mal, wenn ich dem zivilisierten Indien, und das passierte selbst in der wildesten Wildnis, begegnet war, und mir diesen Fleck Erde vor etwa 500 Jahren vorzustellen versuchte.

Heute schien das alltägliche Leben der Menschen hier, mit all seinen Facetten, in keinster Weise kompatibel mit jeglichen anderen Ländern der Welt.

Weder die Quantität seiner Einwohner, noch seine geographische Lage, hatte Indien den Titel „Subkontinent" eingebracht, dessen war ich mir sicher.

Es war vielmehr diese absolute Nicht-Vergleichbarkeit, die Einzigartigkeit, durch die das Land schon rein begrifflich vom Rest Asiens, vom Rest der Welt abgegrenzt werden musste.

Das Praktikum, was ich anfangs in einer NGO absolvierte, hatte mir diesbezüglich einen tiefen, unvergesslichen Einblick in die Arbeits- und Verhaltensweise in einem indischen Büro gegeben und mich oft schmunzeln lassen.

Die Uniform der dort beschäftigten Geologen, Ingenieure, Hydrologen und Soziologen bestand aus teils zerschlissenen Hemden, dunklen Hosen mit einer Spur von Bügelfalte und Schlappen, die innerhalb der Räumlichkeiten stets abgelegt wurden.

Man bewegte sich wo man nur konnte barfuss, saß zum Essen mit gekreuzten Beinen auf dem Boden und benutzte dazu stets nur die Hand. Natürlich ausschließlich die rechte Hand, da der Linken ganz eigene Privilegien vorbehalten waren.

Durch lautes Schmatzen und Rülpsen ließ man die Kollegen wissen, dass einem *Amma*'s Kochkünste durchaus behagten. Anschließend lümmelte man eine Dreiviertelstunde im Schatten herum, bevor man sich immer noch rülpsend wieder an die Arbeit machte. Damals war ich erstaunt, wie schnell man sich an eine solche Atmosphäre, einen solchen Rhythmus gewöhnen konnte.

In gewisser Weise war das Leben der Menschen hier sehr viel direkter und naturnäher als in Europa, indem sie kein Schuhwerk zwischen Boden und Füßen, kein Werkzeug zwischen Hand und Speise, kein Möbelstück zwischen Strasse und Gesäß, kaum Kleidung, zumindest der männliche Teil der ländlichen Bevölkerung, zwischen Haut und Sonne, und vor allem keine Kanalisation brauchten. Man befand sich in ständigem Austausch mit den Elementen Erde, Wasser, Luft und schließlich ließ man seinen Körper von Feuer verzehren. Dies hatte natürlich zur Folge, dass sich auch Bakterien und Erreger in diesem großen, schmutzigen Eintopf äußerst wohlfühlten.

Mit Sicherheit hatte ich meinem Körper in den letzten Monaten keinen Gefallen getan. Ich dachte an die ständige Belastung meiner Gehörgänge und Atemwege, das pestizidverschmutzte Trinkwasser, die eitrigen Entzündungen meiner Schienbeine, die Mittelohrentzündung, die glücklicherweise recht seltenen Durchfälle und Magenkrämpfe.

In diesem Moment, während ich so da stand und diese überaus hässliche Umgebung auf mich wirken ließ, erschien mir das Land, welches für den Reisenden so voller Magie und Wunder steckte, einmal mehr besonders trostlos und unendlich hart.

Was taten jene von der Gesellschaft verstoßenen Krüppel jetzt gerade, die wie Hunde den ganzen Tag auf der nackten Strasse saßen und bettelten, um sich zumindest ihr Überleben zu sichern?

Was taten sie in dem Moment, indem ich gesättigt und müde
die Stufen des Hotels hinauflief, die Türe meines Zimmers
schloss und all das, was tägliche und lebenslängliche Realität
für Millionen von Menschen war, hinter mir ließ? Was taten
sie, wenn sie Probleme hatten? Ihre Eltern anrufen, und zu
Western Union rennen?

Was für eine Zukunft, hatte ein Mensch wie Kalimuthus'
Sohn, der wegen seiner Behinderung von seinen Eltern
geschlagen wurde, der nicht zur Schule gehen konnte, weil er
es nicht länger als 5 Minuten aufrecht auf einem Stuhl
aushielt, und der nichts als einen Trümmerhaufen und
womöglich Schulden von seinen Eltern erben würde? Was
für eine Zukunft, was für eine Gegenwart hatte er?

Plötzlich schämte ich mich meiner ungeheuren Maßlosigkeit.
Ich hantierte zum Spaß mit so gewaltigen Geldmengen, wie
sie kaum einer der mich in diesem Moment umgebenden
Menschen in ihrem Leben auch nur zu Gesicht bekommen
würde. Dennoch galt es nun, begonnenes zu Ende zu bringen
und so rief ich meinen Vater an, um ihm das weitere
Vorgehen zu schildern.

Ich musste sicher sein, dass bei meiner Heimkehr am Freitag
Vormittag 3000 Euro plus Gebühren auf meinem
Schreibtisch lagen, um direkt überweisen zu können und das
Geschäft zu beenden, damit der Kampf in die nächste Runde
gehen konnte.

Anschließend teilte ich *Raj* meine Situation mit und beendete
das Gespräch mit dem obligatorischen „no problem, mein
Freund!"

„Morgen früh möchte ich bitte um halb fünf geweckt
werden" bat ich den Portier, und nachdem ich auch von ihm
das gewünschte „no problem" erhalten hatte, ging ich in
mein Zimmer und schaltete den Fernseher ein.

Wahrscheinlich zum fünften Mal schaute ich mir die Doku
über die afrikanische Tierwelt auf National Geographic an,
doch bevor der Leopard die Gazelle reißen konnte, schlief
ich ein. Vier Stunden vor dem Weckruf.

12.Warten in der Wüste

Pünktlich um 5 Uhr, zwei Stunden vor Abflug stand ich verschlafen vor der Anzeigetafel auf dem Flughafen. Gulf Air Muskat 7.15. Neue Abflugzeit 13.10. Ich rieb mir die noch halb geschlossenen Augen und schaute noch einmal. 13.10 Uhr. Kein Zweifel. Ich ließ mir versichern, dass ich diese Auskunft richtig gelesen hatte, und kehrte fluchend zurück ins Hotel. Nichts lief so, wie es laufen sollte. Die Strähne riss einfach nicht ab. Wollte mir irgendjemand etwas sagen? Hatte ich nicht mittlerweile genug eindeutige Zeichen bekommen, dass ich im Stande war, mir gehörig die Finger zu verbrennen? Es half nichts, der 'point of no return' war längst überschritten. Egal wie die Sache ausgehen würde, sie verlangte nach einem schnellen Ende, was ich ihr nur zu gern bereiten wollte. Runter vom Eis, zurück auf den sicher abgesteckten Pfad. Auf direktem Wege begab ich mich zurück ins Bett, nachdem ich dem erstaunten Portier die Sachlage beigebracht hatte, und mir einen neuerlichen Weckruf für 10 Uhr eingerichtet hatte. Entnervt zog ich die Decke über den Kopf und ließ die Sonne ohne mich aufgehen.

Die Abflughalle war gefüllt mit Arabern, von denen einige in ihren langen Kutten auf einem Stück Zeitung knieten und sich gen Mecca verneigten. Einige Inder, die wohl als Gastarbeiter in die Golfstaaten reisten, blickten melancholisch aus den Fenstern. Ich war auf meiner Reise Einigen begegnet, die als billige Arbeitskraft die eine Hälfte des Jahres in Bahrain, Doha oder Abu Dhabi beschäftigt waren, und die andere Hälfte ihrem Job als Familienvater auf der anderen Seite der Arabischen See nachgingen.

Die meisten erzählten von einem Leben in Isolation und Ausbeutung, doch waren dankbar für die Möglichkeit, Indien verlassen und die Familie ernähren zu können.

Bezeichnend für die immense Diversität dieses Landes gab es natürlich auch hier diejenigen, die in den Vereinigten Emiraten ein Vermögen gemacht hatten. Import- Export-Geschäfte, selbstverständlich. Auch die Familie von *Raj* hatte dort unten einige wichtige Kontakte.

Erfreut stellte ich fest, dass ich ein Fensterplatzlos gezogen hatte, allerdings war die Maschine auch nur halb voll.

Diese Tatsache ließ die erfolgreichen Bemühungen von *Raj*, mich kurzfristig in eine Maschine gen Westen zu setzen, nur noch halb so sensationell erscheinen.

Mit hoher Wahrscheinlichkeit war ich die einzige Person in diesem Flugzeug, die sich über die Abbildung auf den großen Bildschirmen amüsierte. Wie auf einem Radarschirm war in einem großen Kreis, dessen Mittelpunkt das Flugzeug bildete, relativ zu diesem die Lage Meccas', also momentane Himmelsrichtung und Entfernung von uns abzulesen, damit man wusste, in welche Richtung man sich zu verneigen hatte, wenn man mal für kleine Moslems musste. Es war für alles gesorgt. Auch ich genoss die Vorzüge dieses übertrieben luxuriösen Transportmittels und verlebte bei mittelmäßigen Hollywoodschinken und frischen Säften angenehme Stunden. Ich hatte eine Mission, von der niemand um mich herum etwas ahnte. Im Prinzip war die Reise von Indien nach Europa viel weniger strapaziös und gegebenenfalls sogar kürzer als längere Strecken mit Überlandbussen in Indien selbst. Falls ich in ein paar Tagen das Pakct in Empfang nehmen könnte, würde dieses 'sich bedienen lassen' definitiv mit gutem Stundenlohn bezahlt werden.

Und schließlich war es im Interesse aller, dass dics schnellstmöglich eintrat. Endlich konnte auch ich wieder an gewissen Schrauben drehen, hatte gewisse Kontrolle über den weiteren Verlauf.

Ich erlebte einen grandiosen Landeanflug auf das Königreich Oman. Nachdem wir die Küste erreicht hatten, überquerten wir in geringer Höhe eine wüstenhafte Tiefebene.

Man konnte aufgrund der fehlenden Strassen Jeepspuren im grellgelben Sand erkennen. Außer ein paar ausgedörrten Büschen gab es keine natürliche Vegetation. Hier und dort schossen schneeweiße, von Dattelpalmen gesäumte Siedlungen aus dem unfruchtbaren Boden. Die Häuser waren quadratisch und nicht höher als zwei Stockwerke und wurden nur von den *Minaretten* der Moscheen überragt.

Wir flogen eine Kurve und der Blick ins Landesinnere wurde freigegeben. Abrupt wurde die Tiefebene von einer kargen Gebirgslandschaft abgelöst. Das stark zerfurchte dunkelbraune Gestein wirkte extrem lebensfeindlich, und nur in einigen *Wadis* konnten sich ein paar hartnäckige Sträucher halten. Ich hatte den Eindruck, in wenigen Minuten auf dem Mond zu landen.
Eine extreme, aber wunderschöne Landschaft. Menschenleer. Muskat selbst, die Hauptstadt des Sultanats, unterschied sich wenig von den bereits überflogenen Ansiedlungen.
Ein riesiges Wüstendorf, eine erbarmungslos scheinende Sonne grell reflektierend, dass sich von der Küste bis fast an den Fuß des gewaltigen Gebirgsmassivs erstreckte. Ich überlegte, da ich sieben Stunden Aufenthalt hatte, ob es sich nicht lohnen würde, ein Visum zu kaufen und in die Stadt zu fahren, entschied mich aber aufgrund meiner derzeitigen finanziellen Lage dagegen.

Mein Konto war ohnehin schon maßlos überzogen, dessen war ich mir sicher. Außerdem hatte ich ja praktisch schon alles aus der Luft gesehen!
Ich trat aus dem Flieger und eine angenehme Hitzewelle schlug mir ins Gesicht. Der Asphalt flimmerte.

Der protzige Flughafen, der mir als Ort der Langeweile in Erinnerung geblieben war, war in maurischem Stil erbaut. Durch ein geschwungenes Eingangstor begab ich mich gemeinsam mit den meisten anderen Passagieren in die Transferzone.

Jetzt galt es die Zeit totzuschlagen. Glücklicherweise hatte *Raj* mir ein Buch von Terry Prachet geschenkt, welches seine Schweizer Freundin ihm mit auf den Weg gegeben hatte, für das sein Deutsch jedoch längst nicht ausreichte. Ich tauchte in die Scheibenwelt ein. Schon nach kurzer Zeit hatte ich jedoch genug von Hexen, die sich auf der Walpurgisnacht über selbstgemachte Kartoffelsalate ausließen.

Ich streifte durch die Halle. Es gab einige Buchläden, die ausschließlich Bildbände über den Oman zu verkaufen schienen, denen ich eine halbe Stunde opferte.

Danach begutachtete ich wie viele andere internationale Kunden das Angebot der zahlreichen Duty free shops, und nachdem ich etwas Geld getauscht hatte, kaufte ich ein halbes Kilo goldene Omani Datteln. Dieser Flughafen schien für viele Flüge zwischen Europa und Asien die Umsteigestation zu sein. Neben Indern, die eine deutliche Mehrheit bildeten, und jede Menge Arabern in weißen *Djellabahs* und spitzen Lederschuhen, kreuzten viele Europäer meinen Weg. Ich setzte mich an eine Bar und wählte aus dutzenden internationaler Biere ein Amstel vom Fass. Während ich den Dialog mit meiner sündhaft teuren Pint eröffnete, beobachtete ich das ungleiche Paar an einem der Tische vor mir.

Ein scheinbar angetrunkener, tätowierter Engländer, der sein Polohemd tief in seine hautenge Jeans geschoben hatte, unterhielt sich in auffallend lautem Ton mit seiner zierlichen Thailänderin. Ich bekam mit, dass die Beiden gerade auf dem Weg nach Bangkog waren. Familienfeier. Integration.

Die Beiden hatten sich wahrscheinlich bei seinem letzten Saufurlaub „kennen gelernt" und sich sofort unsterblich ineinander verliebt. Rührend. Mir wurde beinahe schlecht, und ich schämte mich, mit der gleichen Hautfarbe das gleiche Getränk bestellt zu haben wie jener sympathische Gentleman. Ich staunte nicht schlecht, als an einem anderen Tisch ein weiteres Paar in dieser so typischen Konstellation platz nahm.

Sie war noch hübscher und er mit seiner Glatze, dem Schnäuzer und den vollständig tätowierten Armen ein noch klassischerer Vertreter seiner Art. Es fehlte noch, dass er sie in seine speckigen Arme nahm und „you never walk alone" zu grölen gegann.

Eine Gruppe Inder gesellte sich zu mir an die Bar und nahm gewohnt hastig ihre Drinks ein. Es schien sich um Flughafenpersonal zu handeln, was den harten Tag mit dem täglichen Whiskey ad acta legen wollte, um die Probleme des Alltags für ein paar Stunden zu vergessen und selig von der Familie zu träumen. Irgendwie waren doch alle Bars auf der Welt gleich, dachte ich. Hier taten sich Abgründe auf. Der Umgang mit Alkohol hatte mich in Indien allerdings besonders geschockt.
Ich hatte einige Male die aggressive Atmosphäre in den wenigen und stets gut versteckten „Liquor&Wine stores", die meistens von der Regierung des jeweiligen Staates monopolisiert waren, zu spüren bekommen. Hierher kam man nicht, um einen Abend in netter Gesellschaft bei einem guten Schluck zu genießen. Man erwarb seine Flasche Brandy, Rum oder Whiskey, die sich lediglich namentlich voneinander unterschieden, durch ein vergittertes Fenster, und beförderte sich noch im Stehen mit einem einzigen langen Schluck ins Traumland. Hauptsache schneller und billiger Realitätsentzug. Nicht selten kam es im Anschluss zu Schlägereien und anderen unschönen Szenen, und das am helllichten Tag.
Ziellos wanderte ich durch die Konsumlandschaft. Beinahe hätte ich das Männerklo mit dem Männergebetsraum verwechselt, was sicherlich lustig gewesen wäre.

Noch 3 Stunden. Zum Spaß wechselte ich alle paar Minuten meinen Sitzplatz, um dabei auf die Nationalität meines jeweiligen Nachbarn zu schließen.

Am Ende hatte ich ein beträchtliches Sammelsurium an Sitznachbarnationen beisammen: eine australische Familie, ein Altherrenclub aus irgendeinem slawischen Land, eine modische Italienerin und ein deutsches sowie ein britisches Rentnerehepaar. Nachdem ich einen Kaffe bei der kleinen Japanerin erstanden hatte, beobachtete ich zwei dicke indische Kinder, die mit einem Kreisel spielend vor mir auf dem Boden rumrobbten und die Aufmerksamkeit aller Wartenden auf sich zogen. Endlich wurde der Flug aufgerufen. Muskat- Bahrain- Frankfurt.

13. Zurück

Mit einem 'durchsucht mich doch'- Lächeln spazierte ich durch den deutschen Zoll am Frankfurter Flughafen. Außer ein paar Schalentieren hatte ich nichts zu verbergen.

Eine anstrengende Nacht steckte in meinen schmerzenden Gliedern. Nachdem ich Muskat verlassen hatte, und einen weiteren nervtötenden Zwischenstopp in Bahrrain überlebt hatte, war die letzte Epoche dieses Reisemarathons sozusagen wie im Flug vergangen. Ich wollte nur noch schlafen. Das hatte ich in den letzten beiden Nächten äußerst wenig getan. Das gewohnte Delirium.

Das erste, was ich auf heimatlichem Boden tat, war eine Telfonkarte zu kaufen, um eine Verbindung nach Indien herzustellen. Was für ein merkwürdiges Gefühl in höflichem deutsch etwas zu bestellen und auch direkt zu erhalten, ohne das einem noch 10 andere Artikel feilgeboten werden. Ich hatte das Gefühl mich in einer anderen Stimmlage sprechen zu hören. Ich rief *Raj* an und freute mich seine Stimme zu hören. Es war also kein Traum! Er teilte mir den Namen des Geldempfängers mit. Imran Khan. Eine weitere Person also. *Raj* erklärte, es handle sich um jenen Anwalt, der für uns an der Verhandlungsfront im Zoll stehe.

„Ich brauche eine schnelle Verbindung nach Köln" bat ich die adrette junge Dame am Schalter des Reisebüros. „ICE, in 8 Minuten, 42 Euro!" war die schockierende Antwort. Von dem Geld hätte ich in Indien eine Woche gelebt, wäre es mir beinah entfahren. Es half nichts, daran musste ich mich wohl wieder gewöhnen. Sicher ein Teil des gefürchteten Kulturschocks. Wenn alles gut ging, landete diese Zugfahrt in der Spesenschublade, beruhigte ich mich.

Ich setzte mich in ein Separée und blickte aus dem Fenster. Erst jetzt traf mich die enorme graue Wand. Ich fuhr durch eine tote Landschaft.

Kahle Bäume, Wolken, Asphalt, Wolken. Leere Strassen, keine Menschen, keine Tiere, keine Blumen. Ein atmosphärisches *1984*.

Ein beleibter Herr in schwarzem Anzug und Aktentasche setzte sich in mein Abteil. Er grüßte freundlich mit einem bayrischen Akzent und begann sogleich ein Gerät auszupacken, was ich bis zu diesem Tage noch nicht kannte.
Es sah aus, als handle es sich um ein kleines Notebook mit integriertem Mobiltelefon, Foto- und Rasierapparat.
Zu meinem Erstaunen setzte er sich Kopfhörer auf und begann, auf seinem kleinen Bildschirm die Spieler des FC Bayern München über den digitalen Rasen zu jagen. Armer Irrer!
Die Landschaft änderte sich allmählich. Der Rhein. Loreley.
Ein großes Frachtschiff unter holländischer Flagge schob sich schwerfällig den Fluss hinauf. Weinhänge auf Schiefer. Die Schornsteine der kleinen Naturstein- Häuschen rauchten.
Durch die teils noch mit Weihnachtsrefugien behängten Fenster fiel mir auf, dass ich in diesem Jahr wohl einiges verpasst hatte. Auch der Winter in Deutschland hatte seine schönen Seiten. Plötzlich freute ich mich auf Wanderungen durch verschneite Fichtenforste und den anschließenden Tee am Kamin im Kreise der Familie. Kalte Füße und Leonard Cohen von Platte. Der Luxus eines sozialen Netzwerks. Ein ausgedehntes „Hallo, wie geht's euch" und dann zurück in die Sonne! Guter Plan!

Ich stand auf dem Bahnsteig in Köln und ließ mich von einem verkaterten Deutschrussen vollschwallen.
Er schimpfte über die neue Kanzlerin und die „Kopftücher", die ihr Leben lang in Deutschland Geld verdienten und sich ihre Rente in die Türkei schicken ließen.

„Das sind die schlimmsten!". Alles Scheiße! Aber Russland kommt! Mit einem mitleidigen Lächeln entließ ich ihn in seinen Zug in Richtung Ausschlafen.
Da stand ich nun also bei 1 Grad Celsius im mir so vertrauten Kölner Hauptbahnhof und beobachtete das leichte Schneetreiben. Was hatte sich verändert in meinem Land?

Einige Minuten später befand ich mich in der S- Bahn. Die freie Sitzplatzwahl, phänomenal. Ich fühlte mich merkwürdig fremd unter den ausschließlich mit sich selbst beschäftigten Reisenden. Alltagsgeschäftigkeit an einem Freitagvormittag. Man freute sich bereits auf das wohlverdiente Wochenende. Beinah beneidete ich die Leute um ihren unschuldigen, geregelten Alltag. Grau in Grau, wohin ich auch blickte.
Die einzige Parallele zu Indien bildete der schmutzig dahinfließende Rhein, den wir in diesem Moment überquerten, und dessen Outfit ihn unter indischen Flüssen nicht als Fremdling entblößt hätte. Niemand interessierte sich für mich, was ich zwar als entspannend, aber doch unpassend empfand.
Eine Mutter mit ihren zwei Kindern setzte sich zu mir und keines der beiden fragte mich nach Stiften oder Schokolade. Sie schauten mich nicht einmal mit großen Augen an. Auf meinen Versuch hin, mit dem Jungen eine non verbale Kommunikation zu beginnen, wie es mir in den vergangenen Monaten zur Gewohnheit geworden war, blickte er verschüchtert aus dem Fenster.

Und dann war es endlich soweit. Ich stand vor der Tür des Hauses, indem ich so viele Jahre meines Lebens verbracht hatte und das ich in der letzten Woche sicherlich um seinen wohlverdienten Segen gebracht hatte. Wenn noch vorhanden, dann hing er jedenfalls schief. Der große Sohn stürzte sich und die Seinen ins Unglück.

„Wir werden ja sehen“, dachte ich, und suchte in den Tiefen meines Rucksacks nach dem Schlüssel.
Glücklicherweise fand ich auf dem Schreibtisch wie besprochen einen Umschlag mit dem Geld und einem Brief, indem ich von meinem Vater herzlich begrüßt wurde. Außerdem forderte er mich auf, mir vor der Transaktion noch einige Fragen zu stellen.

Bin ich im Begriff Steuern zu hinterziehen, und somit dem indischen Volk zu schaden? - „Klar, ganz sauber ist es nicht, aber wenn überhaupt schade ich dem Staat und nicht dem Volk!" Sind die Produkte die ich kaufe vielleicht mit Kinderarbeit hergestellt worden? - „Verdammt guter Punkt, nur leider zu spät!"
Kann ich den Leuten trauen? - „Hoff ich doch!" Habe ich Namen und Anschrift der Leute in Indien? - „Mehr oder weniger!" Wer ist der Kontaktmann, wie und wo treffe ich ihn? „Das kommt später! Schritt für Schritt!" Habe ich irgendwelche Dokumente oder Zertifikate, die meinen Kauf oder die Echtheit der Juwelen bestätigen? - „Ach Quatsch, völlig überflüssig!" Was ist mit dem deutschen Zoll? „Ja, gute Frage!" Selbst wenn ich alle Fragen positiv beantworten zu können glaube, solle ich mir ganz genau überlegen, ob ich das Geld wirklich verschicken will. Bei Unsicherheiten könne ich mich immer noch an die Polizei wenden. „Die deutsche Polizei! Nein Vater, vielen Dank für deine Kooperation, und diesen besorgten Brief, den wohl jeder Vater so oder ähnlich verfasst hätte. Ich werde dir später alles genau erklären. Ich wusste, dass ich mich auf dich verlassen kann!" Ich fühlte mich unendlich geliebt, und beschloss meinen Eltern eine Reise, wenn auch nicht gerade zum Taj Mahal, zu schenken wenn alles vorbei war. Was für Ängste mussten sie durchgestanden haben. Immer wieder, wenn ich aus Bangalore angerufen hatte, um meine Instruktionen loszuwerden und mich nach dem allgemeinen Befinden zu erkundigen, wurden die eitrigen Wunden des Zweifels wieder aufgekratzt.

„Ich erkenne dich nicht wieder, mein Kind!" „Merkst du denn nicht, was mit dir passiert?". Eine liebende Mutter musste durch die Hölle gehen. Dafür, dass sie im Drehbuch nicht erwähnt wurden, hatten meine Eltern eine unheimlich wichtige Rolle in diesem Film eingenommen. Mein schlechtes Gewissen plagte mich, und gerade deshalb wollte ich keine Zeit verlieren und die Sache zu Ende bringen.

Mit 3000 Euro in der Tasche radelte ich zur Post. „Now its up to you, Mister Imran Khan!".
"Wollen sie eine Pauschalreise bezahlen?" fragte der freundliche Brillenträger hinterm Schalter und schaute mich verwundert an, als ich den Stapel 500 Euro Noten vor ihm ausbreitete und ihm erzählte, ich wolle diese schnellstmöglich nach Indien versenden. Verwirrt fuhr er sich durch sein an den Spitzen trockenes und an den Ansätzen fettendes Haar und betrachtete die Scheine. Ich war zurück.

14. Die Blase

Da ich *Raj* nicht erreichen konnte, um ihm die Western Union Nummer zu nennen, die zum Abholen des Geldes benötigt wurde, schrieb ich ihm wie vereinbart eine Mail und hoffte auf baldige Rückmeldung. Da hast du die Kohle, mach was draus! Ich hatte meinen Job getan und versuchte mich zu entspannen.

Das Wiedersehen am Abend tat sehr gut. Alle beteiligten waren glücklich, sich gesund in den Armen zu halten. Allerdings konnte ich deutliche Spuren der letzten Tage auf den so vertrauten Gesichtern erkennen. Auch die vorwurfsvollen Blicke entgingen mir nicht. Mir tat alles unendlich leid. Ich erzählte die Geschichte von Anfang an, und wurde bei jedem zweiten Satz unterbrochen, um mir die berechtigten Fragen anzuhören. Natürlich, von außen betrachtet sah alles nach einer riesengroßen und äußerst professionellen Masche aus, leichtgläubigen Touristen das Geld aus der Tasche zu ziehen, das sah ich ein. Dennoch stand für mich außer Frage, dass ich an einem seriösen, wenn auch kriminellen Geschäft beteiligt war. Meine Pläne, möglichst bald wieder zurückzukehren, stießen natürlich nicht gerade auf Wohlwollen. Eine vertrackte Situation. In der Tat, meine Zweifel waren gewachsen. Was, wenn meine Mutter recht hatte, und ich plötzlich 10000 Euro ärmer wäre? Ein Szenario, dass ich mir besser nicht ausmalte, obwohl es, wie ich mir mittlerweile eingestehen musste, aus der hiesigen Perspektive betrachtet, nicht das Unwahrscheinlichste war. Die Müdigkeit war jedenfalls verschwunden, und ein besonders gutes Gefühl hatte ich auch nicht. Ich hatte mir meine Heimkehr ein wenig anders vorgestellt. Um genau zu sein, war ich eigentlich auch nur physisch anwesend. Mein Leben kreuzte eine Realität, die vollkommen parallel zu dem Film verlief, indem ich steckte.

Um alles in der Welt wünschte ich mir, die Stopptaste zu finden und etwas anderes einzulegen. Etwas entspannendes, wenn möglich!

Am nächsten Tag erreichte ich *Raj*, und hoffte, dass er seines Amtes als Gute Nachrichten- Überbringer walten würde.
Ich wurde enttäuscht. „An diesem Wochenende ist hier ein großes Festival und alles ist geschlossen. Ich befinde mich im Kreis der Familie, was sehr anstrengend ist, da wir uns alle sehr lange nicht gesehen haben. Mach dir keine Sorgen, am Montagmorgen werde ich mich wieder bei dir melden."
Ich konnte es kaum glauben. Genau wie es aufgehört hatte, ging es nun weiter. Wenn das Geld erst am Montag im Zoll sein würde, war bereits eine Woche seit seinem Eingang vergangen.
„Die kritische Grenze!", dachte ich wütend. Was passierte hier eigentlich? Die Theorie meiner Eltern schien plötzlich an Wahrscheinlichkeitspunkten gut zu machen.
Ich verlebte ein verstörtes, aber äußerst versöhnliches Wochenende. Glücklicherweise erreichte mich nach und nach die sonntägliche 'Schalt den Alltag ab'- Stimmung meiner Familie, wofür ich sehr dankbar war. Spazieren, saunieren, dinieren.

Nach einer unruhigen Nacht wachte ich auf. Ich war wahnsinnig gespannt, was der heutige Tag bringen würde. Zum Frühstück genoss ich gutes deutsches Brot mit holländischem Käse. Eines der wenigen Dinge, die man an Deutschland wirklich vermisste, wenn man längere Zeit außer Landes war, und für das kein Land auf der Welt eine zufrieden stellende Alternative bereitzuhalten schien, und legte man sich noch so sehr ins Zeug. Das gute alte Vollkornbrot. Käse war in Indien ohnehin ein Produkt, was eher zufällig entstand und in diesem Fall direkt auf dem Müll landete, so dass höchstens Ziegen oder Kühe in den Genuss ihrer verdorbenen, eigenen Ausscheidungen kamen.

Alles, was über den *Paneer*- Zustand hinausging, wurde ungenießbar. Man hatte ja schließlich schon genug Sorgen damit, Lebensmittel vor dem Verderben zu bewahren.

Das Haus kam mir riesig vor, und die Wände schwiegen mich an. Alle anderen waren bereits seit Stunden ausgeflogen und gingen ihrem geregelten Leben nach. Es regnete. Alles war still. Ich wartete auf einen Telefonanruf, aber nichts geschah.

Meine Versuche *Raj* zu erreichen wurden von einer penetranten Tonbandstimme abgelehnt.

„Jetzt sei doch nicht so ungeduldig", schien sie mir sagen zu wollen. Um mich zu akklimatisieren und vor allem um die Zeit totzuschlagen, ging ich einkaufen. Ein unbeschreibliches Gefühl. Abenteuer Supermarkt und zurück. Gnadenloser Kulturschock. "Ja richtig, das war die Zivilisation aus der ich kam."

Der Tag verlief ohne weitere Zwischenfälle. Es machte mich fertig. Mit wachsendem Misstrauen versuchte ich etwas über die angeblich so große Ali Husain 'Gems and Jewellery' Cooperation zu ergoogeln. Meine Bemühungen blieben ohne Erfolg.

Erst am nächsten Tag erreichte mich die Nachricht, dass es weitere Probleme beim Zoll gab. *Raj* eröffnete mir, dass man zwei Belgier bei dem Versuch erwischt hatte, unbezahlte Waren auf ihren Namen auszuführen, was sie vor einigen Wochen mit Ali Husain erfolgreich durchgeführt hatten.

Damit geriet die Familie nun unter Verdacht Steuern zu hinterziehen, und alle unerledigten Geschäfte auf ihren Namen wurden vorübergehend auf Eis gelegt. Somit auch mein Paket. Ich bräuchte mir allerdings wie immer keine Sorgen zu machen, denn schließlich sei unsere Rechnung beglichen und ich der rechtmäßige Besitzer der Steine. Die Geschichte wurde immer verworrener und vor allem unglaubwürdiger. Eine große Unruhe keimte in mir. Andrerseits war ich nun wenigstens über den Stand der Dinge auf dem Laufenden. Ich überlegte, was ich als nächstes tun konnte, und entschied, mich über die Einfuhrbedingungen in Deutschland zu informieren.

Die Homepage des deutschen Zolls war schnell gefunden.

Ein stählerner Bundesadler im linken oberen Bildrand präsentierte sein strenges Profil. Auf kaltblauem Hintergrund waren bleiche Uniformierte zu sehen, die Reisegepäck durchsuchten. Eine Institution zum Schutz der Bundesbürger. Man fühlte sich sofort sicherer.

Ich fand heraus, dass jedes Paket, was aus einem Drittland kam, zur Zolleinsicht geschickt wurde und ab einem Warenwert von 175 Euro verzollt werden musste. Sollten auf der beigelegten Inhaltsbeschreibung nicht alle Angaben über Beschaffenheit, Wert und Gewicht der Ware aufgeführt sein, war die Behörde befugt, die Postsendung zu öffnen und den Inhalt zu überprüfen. Zudem musste ersichtlich sein, ob die Waren für den persönlichen oder kommerziellen Gebrauch bestimmt waren. Schließlich musste alles, was mehr als 1000 Euro im Ausfuhrland wert war, bereits vor der Ausfuhr schriftlich angemeldet werden. Das wurde ja immer besser. *Raj* hatte mir anvertraut, dass der Schmuck in meinem Paket einen Verkaufswert von etwa 50000 Euro hatte! Ich sollte also dem deutschen Zoll erklären, dass ich für den privaten Gebrauch hochwertige Edelsteine von solch hohem Wert nach Deutschland importierte.

Der Plan, den wir in Indien geschmiedet hatten, dem Zoll etwas von Silberhochzeit meiner Eltern und langfristiger Geldanlage zu erzählen, schien mir hier ein wenig aussichtslos. Schließlich würde mein Gegenüber stets derjenige sein, dem derartige Fälle bestens bekannt waren. Langsam aber sicher verließ mich der Mut. Selbst wenn die Fracht das indische Festland letztendlich verlassen würde, wäre die Sache noch lange nicht in trockenen Tüchern.
Und dann war ich der einzige, der sich bei falschen Angaben strafbar machte und ich hatte keinen multinationalen Händler mehr im Rücken, der um alles in der Welt seine Haut retten wollte. Dann hinge es an mir.

Ich erinnerte mich an *Rajs'* Aussage, dass alle Formalitäten für mich erledigt werden würden und ich nur zur Hauptpost fahren müsse um mein Eigentum abzuholen. Was ich im Weiteren las, deckte sich weitgehend damit. Demnach konnten sämtliche Zollangelegenheiten von dem beauftragten Courierdienst abgehandelt werden. Von einem solchen hatte *Raj* auch gesprochen. Für mich war es immer noch vollkommen unvorstellbar, dass irgendetwas an der Sache nicht stimmte. Es war viel zu perfekt. Ich erzählte *Raj* von meinen Sorgen und den neuen Erkenntnissen und er beruhigte mich auf die gewohnte Art und Weise.

„Es gibt tausend Wege Gesetze transparent zu umgehen. Du musst mir vertrauen. Wir haben das schon viele Male erfolgreich gemacht. Habe noch einige Tage Geduld." Offen gestanden hatte ich mehr als genug von fadenscheinigen Gesetzeslücken, und meine Geduldsvorräte waren längst verschossen. Immer tiefer wurde ich in diese Geschichte verstrickt. Krampfhaft versuchte ich mich zu entsinnen, ob ich jemals in meinem Leben etwas getan hatte, was ich mehr bereute. Davon auszugehen, dass der Film seinen Klimax bereits hinter sich hatte, war wohl etwas voreilig gewesen.

Ich fühlte mich energetisch ausgeblutet wie die Ziege auf dem Berg Arafat.

Die nächsten Tage verlebte ich in einem Zustand der absoluten Antriebslosigkeit. Ich brachte es kaum fertig, vor Mittag aus dem Bett zu kommen. Wofür auch?

Ich hatte weder Studium noch Job, meine Wohnung an irgendeinen Spanier zwischenvermietet, und hier einfach nichts weiter zu tun, als abzuwarten. Es war Januar, knapp über Null Grad und es regnete unentwegt. Ich sollte einfach nicht hier sein.

Es war völlig ausgeschlossen, mit meinen Mitmenschen, die ich sehr vermisst hatte, Kontakt aufzunehmen. Alle Mails beantwortete ich möglichst emotionslos und knapp. Leben in einer Blase. Draußen regnete es noch immer, weshalb ich das Haus wenn möglich nicht verließ.

Stattdessen bombardierte ich *Raj* mit Anrufen, was nur sehr selten zu etwas führte. Er hatte angeblich mittlerweile jeden Tag im Zoll zu erscheinen, um verhört zu werden. Auf eine entnervte Mail von mir reagierte er wortwörtlich wie folgt:

Hi Mr. Krishna!
Well! I am so sorry once again to not reply on the phone, hope fully u understood why till now. Well nothing negative u have to think, its just were having serious problam here b'cos of some body. So as son the things will be clear, u will have your all money and the profit.
Its just lot of things we don't want ever to happen, so we are doing lots on it and we have to. I cant tell you how much answers my uncle has to give to the custom officer for this belgium guys.
Well they are really going deep into it and that is really not good for us for now. Cos we have couple of people waiting for us to get the jewellery and they stuff is still in da custom and transaction is not yet done. U can imagine how it gona be with this guys, when they are even in India. They have to go to the customs again and again to reply.
Anyway! When u are doing that much than at least we will save ourselfs from this trable. I dont know yet what will happen with this belgik guys, so we need just bit of more time for the things to be clear. Anyway! U dont have to be worried about ur stuff. I will defenitly cooperate you. I will write you again soon, till then take care. Hug, *Raj*!

Das hätte kein anderer so schön schreiben können. Als wir noch zusammen waren, hatte diese Masche auch sehr gut gezogen, aber nun kamen mir die Worte extrem leer vor.

Schon in Bangalore hatte er alles mit seiner 'Ich weiß und kann alles'- Ausstrahlung beschrieben und keine Fragen offen gelassen, oder besser gesagt mich soweit gebracht, dass ich keine Fragen mehr stellte. „No problem, mein Freund! Mach dir bloß keine Sorgen."

Weiterhin beschäftigte ich mich mit Zollgesetzen und internationalem Handel. Es wurde Zeit, dass ich endlich einmal mitreden konnte. Bisher beruhte alles auf vollstem Vertrauen meinerseits. Warum eigentlich?
Wie konnte ich so leichtgläubig und naiv unterwegs sein?
Von hier aus betrachtet erschien es mir geradezu absurd und dumm, dass ich null Sicherheiten eingebaut hatte. „Aber wie viel Zeit hatte ich damit verbracht, Alibis zu checken und bei jedem Schritt bis ins kleinste Detail Fragen zu stellen, die fast immer zu meiner Zufriedenheit beantwortet werden konnten" versuchte ich mich zu beruhigen. Mir konnte man allerdings auf diesem Gebiet, was absolutes Neuland für mich war, einiges erzählen.
„Du hast es mit absoluten Profis zu tun" hatte ich die Worte meiner Mutter im Ohr. Es passte einfach nicht zusammen. Wenn *Raj*, Vicky und Amman wirklich das waren, für was sie sich ausgaben, und sie spielten ihre Rollen verdammt gut, hatten sie es einfach nicht nötig einem kleinen Touristen die Hosen auszuziehen. Wir spielten doch hier in einer anderen Liga, oder etwa nicht? Und warum hielten sie den Kontakt aufrecht, wenn alles nur erlogen war? Das Geld hatten sie nun schließlich und viel dagegen unternehmen konnte ich auch nicht, selbst wenn ich wollte. Mein logisches Verständnis war allerdings bei Indern und ihren Verhaltensweisen des Öfteren an gewisse Grenzen gestoßen.
Ich spekulierte, dass sie mich noch ein paar Tage hinhalten wollten, um den Gesamtschock ein wenig zu dämpfen. Oder sagte er etwa die Wahrheit?

Bisher war nichts auf Anhieb so gelaufen wie geplant und doch hatte sich am Ende alles auf irgendeine Art und Weise zum Guten gewendet. Warum nicht auch jetzt?

15. Aufwachen!

Das ewige Grübeln führte zu nichts. Es bestand Handlungsbedarf. Allerdings, was konnte ich tun? Noch wagte ich es nicht, beim indischen Zoll anzurufen, um mich selbst über den Stand der Dinge zu informieren, da ich schließlich noch immer belangt werden konnte und ich den Verhandlungen keinen unnötigen Stein in den Weg räumen wollte.

Ich beschloss nach Trier zu fahren, um Papierkram an der Uni zu erledigen und mich in die vorgewärmten Kissen meiner nichts ahnenden Freunde zu legen. Raus aus der Blase, rein in die kalte Wirklichkeit.

Wie sich herausstellen sollte, wurden die Erkenntnisse, die dieser Entschluss für mich bereithielt, zu einem Richtungsweiser für den weiteren Verlauf der Geschichte.

Die folgenden Tage waren voll von wohltuenden Wiedersehen. Ich genoss es, in gewohnte Kreise einzutreten, kleine Veränderungen festzustellen und mich an Altbestehendem zu laben. Natürlich verbrachte ich viel Zeit damit, die Geschehnisse mal kurz zusammengefasst und mal ausführlich zu berichten. Die Blase zerplatzte.

Dennoch nagte das Gefühl der Ungewissheit weiter an mir. Ich hatte eine Ahnung, wollte sie jedoch nicht wahrhaben. Es passte einfach so vieles nicht zusammen. Es waren bereits einige Tage vergangen, seit ich das letzte Mal etwas von *Raj* gehört hatte. Als ich ihn dann endlich mal wieder an der Strippe hatte, erzählte er auf mein Drängen hin, er würde mir am nächsten Tag eine Mail schreiben um mir zu schildern, was sich zugetragen hatte. Bis zu diesem Zeitpunkt war mir Erklärungsnotstand in Verbindung mit *Raj* völlig unbekannt. Dementsprechend gespannt wartete ich auf ein Zeichen von Safraz Mohamed, was scheinbar sein richtiger Name war, in meinem Posteingang.

Überraschenderweise war es bereits am nächsten Tag soweit. „Na dann, schieß los" murmelte ich.

Hi there, hope u will get this mail with good health and spirit, i have ur this mail, i think it was quite old, but anyway its been nice hearing you yesterday but i have to explain lot and at the same time i have to explain other people as well. Hope they all understand it otherwise it be all taff.
Anyway! Some time i think things is good in explain when we talk on the phone. Its better in a way, it finish quick. I am going to call u soon, it be better. I had to go in italy but i dont know now how its gonna be, i have to finish lot of stuff here now so i dont know now when i am gonna be finish from here. Anyway! I will write u back some time till than take care and look after your self,
hug *Raj*.

Fassungslos starrte ich auf den Bildschirm. Ich las es wieder und wieder. Einen größeren Blödsinn hatte ich noch nie vernommen. Hatte er nicht gestern noch gesagt, er könne es mir am Telefon nicht erklären und würde mir stattdessen schreiben? Und nun schrieb er, noch dazu in einem miserablen Englisch, dass er mich lieber anrufen würde? Mister 'Klar, hab ich auf alles eine Antwort', blieb mir diese in der alles entscheidenden Phase schuldig! Was sollte man dazu sagen? Doch statt Konfusion zu schaffen, packte er Alles bis auf die Klarsichtfolie aus. Besonders großen Interpretationsspielraum ließen diese Worte jedenfalls nicht. Mittlerweile sah ich den wirklichen Verlauf der Geschichte klar vor mir. Ich hatte mir in den letzten Tagen diese sehr realistische Version zurechtgelegt und musste nun langsam erkennen, dass sie immer wahrscheinlicher wurde. Demnach hatte *Raj* das Paket seinem Freund Om gegeben, der in dem Büro des angeblichen Couriers gesessen hatte, was ich niemals betreten hatte.
Om hatte die Steine an sich genommen, und gut verstaut, wahrscheinlich sogar direkt wieder in den Koffer gepackt, den Vikram ihm gebracht hatte. Somit war der Weg des Pakets bereits zu Ende, als ich dachte, er würde gerade erst beginnen.

Es wurde schlicht und einfach niemals nach Bombay zum Zoll geschickt und alles, was danach geschah baute auf einem genialen Lügenkonstrukt auf, was mich psychisch mehr und mehr in die Knie zwang und mir keine andere Wahl ließ, als ihnen mein Geld zu schenken. Je länger ich darüber nachdachte, desto mehr offensichtliche Dinge vielen mir auf, an denen ich hätte merken können, dass ich teil einer Inszenierung geworden war. Wie etwa konnte es sein, dass *Raj* plötzlich zwei Quittungen von Geldsendungen aus Europa an mich in der Hand hielt, die er mich bat zu unterschreiben, wenn man bei Western Union weder das Geld noch die Quittung ohne direkte Unterschrift erhielt. Ohne eine von mir unterschriebene Vollmacht hätte Raj also weder das Papier noch die 3000 Euro bekommen dürfen. Wie war es möglich, dass plötzlich, wie aus dem Nichts der ominöse Om auftauchte? Hatte ich wirklich geglaubt, dass die Fotos auf meiner Kamera, die ich von Vicky und Amman geschossen hatte, aus religiösen Gründen gelöscht wurden? Natürlich hatte ich in Momenten wie diesen keine Wahl, als zu glauben, was mir erzählt wurde, da ich davon ausgehen musste, dass wesentlich mehr auf dem Spiel stand als Geld, und die Jungs diejenigen waren, auf deren Hilfe ich angewiesen war. Allerdings waren Amman und Vicky in diversen Situationen ein wenig weit gegangen, so dass ich hätte merken können, was gerade passierte. Man hatte mich geschickt eingewoben und mich glaubend gemacht, das wir einen gemeinsamen Feind zu bekämpfen hätten, weshalb ich meinen sogenannten "Verbündeten", meinen sogenannten "Partnern" sogar all mein Geld zu geben bereit war.

Wer waren diese Menschen? Was waren Sie? Wie viel von dem, was sie vorgaben zu sein entsprach den Tatsachen? Es war offensichtlich, dass Raj, Amman und Om schon etliche Male über den Tellerrand Indiens hinweggesehen hatten.

Waren sie also tatsächlich Söhne reicher *Vaisyas*, die aus Langeweile, denn finanziell würden sie es kaum nötig haben, allein für den Nervenkitzel oder ein kleines Taschengeld dahergelaufene Touristen in die offene Klinge laufen ließen? Oder steckte eine Mafia dahinter, eine übergeordnete Organisationsebene, die ihre Leute zu genau diesen Zwecken ausbildete und im ganzen Land verteilte, um auf die Jagd zu gehen? Schon wahrscheinlicher.

Woher kam der Schweizer Aufkleber auf *Raj*'s Auto? Hatte er ihn auf dem Boden einer Müslipackung gefunden? Das Terry Prachet- Buch? Welche Rolle spielte Jamie? War er eingeweiht gewesen? Seltsam scheint es schon, dass er im richtigen Moment Magenkrämpfe bekam und sich zurückzog, so dass ich, nachdem er seinen Teil, nämlich zusätzliches Vertrauen zu erwecken, erledigt hatte, völlig allein in der mich umgarnenden Runde verblieb. Jene Details, die die ganze Angelegenheit dermaßen authentisch hatten erscheinen lassen, die allerdings ebenso lediglich Fassade sein konnten wie die H&M Klamotten von *Raj* oder das überzogene Auftreten von Vikram, ließen mich noch immer hoffen.

Die Wahrscheinlichkeit, dass die Aktion von vorne bis hinten einstudiert war, erschien jedoch nicht gerade gering.

War ich wirklich betrogen worden? War die gesamte Geschichte nichts mehr als eine verdammte Geschichte? Ein Spiel?

Ein bizarres Theaterstück mit Mir, unwissender Weise, in der Hauptrolle? Der Vorhang schien zu fallen und der Blick hinter die Kulissen ließ nichts Gutes erahnen.

Ich wollte es noch immer nicht verstehen. Obwohl es nun offensichtlich nicht mehr danach aussah, klammerte ich mich immer noch an den Gedanken, dass ich die Juwelen, wenn auch verspätet, schließlich erhalten, und sich alles zum Guten wenden würde.

Dies tat ich solange, bis ich schließlich einen ‚Lonely Planet India' in der Hand hielt, und im Kapitel Rajasthan/Jaipur, also ganz exakt dem Heimatort meiner Busenfreunde den folgenden Boxtext zu lesen bekam:

Warning! Gem Scams!
Despite the warnings placed in previous editions, a disturbingly large number of travellers continue to haemorrhage cash in too-good-to-be-true gem deals. These might involve buying gems in Jaipur at 'low' prices for resale at a supposedly huge profit back home, OR getting paid to cart back gems by wealthy dealers, at no cost to yourself, then suddenly coming up against 'custom problems', that mean you have to shell out huge amounts, OR only having to pay the insurance fee yourself, OR...
Operators who practise such schemes are very skilled at luring trusting souls- they are invariably very friendly, often taking travellers to their homes and insisting on paying for meals.
If you agreed to have the gems sent, they never arrive, even if you see them posted in front of you! Testimonials from other happy gem-dealing punters are easy to fake. Dont let your desire for a quick buck cloud your judgement.

Schwarz auf Weiß! Wort für Wort! Ich war sprachlos. In diesem Moment fiel alles von mir ab. Nicht das es ein angenehmes Gefühl gewesen wäre, aber jedenfalls war nun Alles klar! Schmerzhaftes Aufwachen aus einem viel zu langen Traum. Was für ein perfektes Verbrechen. Eine allgemein bekannte Masche?

Eine von vielen Varianten eines ungeheuer ausgefeilten Tricks? Es fiel mir schwer zu glauben, was ich gerade gelesen hatte, auch wenn ich bereits wusste, dass mich genau dies erwarten würde.
Nun hatte ich also die Quittung für das teuerste Terry Prachet- Buch aller Zeiten.

Ich kannte natürlich nur den Lonely Planet von Südindien, wo es keine Juwelen und folglich auch keine Juwelenhändler gab. Oft hatte ich ohnehin den Eindruck, wenn man die zahlreichen Warnungen allzu wörtlich nahm, man sich lieber einen schönen Bildband kaufte, und sich zu Hause auf dem Sofa mit Räucherstäbchen und indischer Musik ein Bild vom Leben auf dem Subkontinent machen sollte.

Außerdem konnte ich einigen Texten schlicht nicht zustimmen.

Sicher hatte ich von extrem raffinierten Manövern gehört, um Touristen von den in Indien ohnehin nicht allzu geerdeten Beinen zu holen, aber das war Perfektion. Wahrscheinlich seit Jahrzehnten weiterentwickelt und optimiert!

Alle vier Beteiligten hatten eine Woche lang ihr geniales Spiel mit mir gespielt, mich nach belieben herumgeschubst, und mir dabei mit ihren großen braunen Augen aufrichtig ins Gesicht geblickt. Plötzlich kam ich mir noch fiel dümmer vor, und *Raj* wurde zum Genie. Er hatte Heimspiel, jede Menge Erfahrung und ein angeborenes Talent Geschäfte zu machen. Sehr wahrscheinlich war er sogar sorgfältig für diesen Beruf ausgebildet worden. Saubere Arbeit Jungs. Auch wenn ich allerdings der klare Verlierer des Spiels war, einen wirklichen Gewinner gab es nicht. „Es gibt viele schlechte Menschen auf der Welt, aber ihr seid wenigstens professionell dabei!"

Das Geniale an dem Trick war, dass ich schlicht und einfach eine Geschichte geglaubt, und mein gesamtes Vermögen und mehr einfach verschenkt hatte.

Niemand hatte mich bedroht, niemand hatte mir minderwertige Ware verkauft, niemand hatte mich beklaut. Ich hatte freiwillig alles aus der Hand gegeben. Einfach so. Zehn Riesen.

Raj machte sich noch nicht einmal strafbar. Ein äußerst elegantes Verbrechen, was auf dem Papier keines war.

"Papiere lügen nicht" hatte er mir anfangs mit dem mir wahrscheinlich auf ewig in Erinnerung bleibenden Lächeln verkündet. Was war ich nur für ein Idiot!
Herzlich willkommen in der Realität, trusting soul. Wut fühlte ich nicht. Dazu hatte ich keine Energie mehr.

16. Auf Nimmerwiedersehen

Es dauerte noch einige Tage bevor *Raj* sich endgültig von der Bühne verabschiedete. Ein wenig schwach für meinen Geschmack, nachdem er so grandios begonnen hatte. Aber was sollte man schon erwarten, seine Gage hatte er ja bereits bekommen.

Nachdem ich eine böse abschließende Mail verschickt hatte, in der ich dem Team meine Glückwünsche aussprach und spaßeshalber sogar noch nach dem Geld für den Rückflug bat, bekam ich folgendes zu lesen:

hey there chris,
thank u for ur nice mail. It been nice reading is well. Knowing u more and more, but i dont know what things makes u more and more confuse, I believe there is a lot of things to make u believe and make u not believe. Its just what u thinks some time to believe or not believe.
Anyway! I cant tell you what we are facing here. Everything come out the truth. So there is a lot of things true and fake but i know giving ur money will make more trust in u which is so hard for me but i will try to call a friend if he can do it for you. There are lot of things turn into complicated situation. I think i will be able to understand u some day. But give me a little time to solve ur money thing. I will write u back, till than
hug *Raj*

Blieb nur zu hoffen, dass er mit künftigen Geschäftspartnern in einer verständlicheren Sprache kommunizieren würde! In einem anschließenden Telefonat, bemühte ich mich nochmals um eine Mildtätigkeitsrücküberweisung, da ich die fiese Realität noch immer nicht vollständig akzeptiert hatte. Ein letztes Müdes Aufbäumen gegen den sich unaufhaltsam nähernden Hammer.

Natürlich versprach er auch diesmal, alles so bald wie möglich in die Wege zu leiten, und des Weiteren erzählte er mir von seinem mittlerweile inhaftierten Onkel.

Ekelhaft! Ich konnte mich nicht erinnern, jemals ein solches Mitleid empfunden zu haben! Langsam kam er, der lang erwartete Hass. Langsam war es auch bis in die letzten Ecken meines verblendeten Gehirns gedrungen, dass diese Menschen nicht meine Partner waren, sondern mich bis auf die Unterwäsche ausgezogen haben.

Schließlich eröffnete *Raj* mir, dass er ab morgen ein neues Handy haben würde, da sämtliche Telefongespräche der Familie Ali Husain abgehört würden. Er versprach mir, mich über die neue Nummer baldest möglich aufzuklären. Der Anruf blieb natürlich aus, und der alte Anschluss war tatsächlich tot. Auch *Raj* konnte offenbar sein Wort halten.

"Hoffentlich hat er sich wenigstens ein Mobiltelefon mit integriertem Notebook, Spiegelreflexkamera, Rasierapparat und Kaffeemaschine gekauft" dachte ich.

Auch Amman hatte eine sehr ausgefallene Art, sich über das großzügige Geschenk bei mir zu bedanken. Am nächsten Tag hatte ich einen netten Virus im Posteingang, der mir wohl in der nun folgenden schweren Zeit aufheiternd zur Seite stehen sollte. Von Anfang an hatte ich meine Probleme mit dem Humor dieses Vogels, der mich in unseren gemeinsamen Nächten stets mit soviel Zärtlichkeit bedacht hatte!

Von Vikram hörte ich nichts mehr. Er war ohnehin viel zu sehr mit sich selbst beschäftigt. Wahrscheinlich hatte er seinen Teil des Geldes bereits in reichlich Pomade und Lackschuhe investiert und träumte seinen Traum vor einem Spiegel mit Goldrand. Ich hatte ihn eigentlich von Anfang an gemocht, und auch im Nachhinein brachte ich es nicht fertig ihn zu hassen. Dafür hatte er einfach zuviel Stroh im Kopf.

Eine Weile überlegte ich, was ich tun könnte. In welche Richtung konnte ich nichtvorhandene Energie investieren? Hatte ich irgendetwas in der Hand?

Konnte ich beweisen, was mir widerfahren war? Klagte ich mich nicht selbst an, wenn ich mich an ohnehin äußerst leicht bestechliche Gesetzeshüter wandte?

Ja hallo, ich habe versucht, in ihrem Land krumme Geschäfte zu Lasten des Systems mit ein paar dahergelaufenen Gangstern zu drehen, deren Namen eventuell *Raj*, Amman, Vikram, Om (wie unglaublich kreativ) und Imran Khan waren. Könnten sie die bitte fangen und mir mein Geld wiedergeben? Nein.

Wie oft hatte ich in Indien gemerkt, wie machtlos der mittellose kleine Einzelne gegen das korrupte Monster Regierung war, und wie einfach man es mit gewissen Kontakten oder dem richtigen Kleingeld hatte. Ich erinnerte mich an Feldarbeiter, die mir berichteten, wie sie etliche Male die Führerscheinprüfung wiederholen mussten, weil sie den Prüfer nicht bestechen konnten, und es am Ende nicht mehr gereicht hatte. Und dabei ging es nicht etwa darum, ein eigenes Auto zu fahren, oder auch nur davon zu träumen, sondern sich für einen etwas besser bezahlten Arbeitsplatz zu qualifizieren! Ich erinnerte mich, wie Vikram mir erzählte, dass er zu seinem 18. Geburtstag von seinem Vater einen Führerschein geschenkt bekommen hatte, ohne ein einziges Mal im Auto gesessen zu haben.

Selbst wenn ich also im Recht gewesen wäre, und versucht hätte dieses durchzusetzen, wäre ich mit allergrößter Wahrscheinlichkeit an jener Instanz gescheitert, die genau dafür verantwortlich sein sollte.

Wahrscheinlich hatten sich meine Freunde ohnehin längst abgesetzt und wurden in ihren Kreisen als Helden gefeiert. Ein abgedrehter Film ging zu Ende! Ich hatte mich ein wenig zu weit in die Kurve gelegt und war hart gestürzt. Auf nimmerwiedersehn *Raj*, König der Diebe.

.

Ein indischer Schriftsteller namens Suketu Mehta schreibt in seinem Buch „Bombay, Maximum City", über die angebliche Basis der angeblich existierenden Ali Husain Cooperation:

„Bombay überlebt durch Gaunereien: Ein Mann, der durch irgendwelche raffinierten Machenschaften zu Geld gekommen ist, wird mehr geachtet als einer, der es durch harte Arbeit zu etwas gebracht hat, denn das ethische Leitbild Bombays ist der rasche soziale Aufstieg, und die Gaunerei ermöglicht es, diesen Weg abzukürzen. Wer Tricks und Maschen kennt, beweist ein gutes Gespür fürs Geschäft und zeigt, dass er nicht auf den Kopf gefallen ist. Jeder kann arbeiten und dadurch Geld verdienen. Was ist daran bewundernswert? Aber eine geschickt eingefädelte und konsequent durchgezogene Gaunerei? Na, das verdient doch Anerkennung!"

16. Mephistos letzter Tanz

Ich fiel in ein tiefes Loch. Zu behaupten, es handle sich doch nur um Geld, war natürlich Schwachsinn. Sicher war der Verlust von 10000 Euro das schmerzhafteste Symptom dieses schweren Unfalls. Zudem wurde ich menschlich unendlich enttäuscht und hatte das Vertrauen meiner Eltern auf eine harte Probe gestellt. Ganz zu schweigen von zwei Monaten Indien, die ich leichtsinnig verspielt hatte. Auch fiel es mir nicht leicht, mir selbst diesen riesigen Fehler und meine längst verloren geglaubte Naivität einzugestehen.

Allerdings konnte Geld verdient, Vertrauen zurückgewonnen und Selbstwertgefühl wieder aufgebaut werden. Und Indien lief so schnell auch nicht davon. Ganz im Gegenteil, es rückt sogar jährlich einige Zentimeter mehr auf die Eurasische Platte. Vielleicht würden ja nächstes Jahr, wenn der Subkontinent noch einmal einen guten Schub in Richtung Norden macht, die Flüge schon viel billiger sein.

Wirklich hart allerdings traf mich die Tatsache, dass ich mir alle beschriebenen Verluste durch etwas abgrundtief Hässliches, was sich in jedem Menschen zu befinden scheint, zugefügt hatte. Die Gier nach Geld! Ich hatte mich von der Aussicht auf schnellen Profit dermaßen blenden lassen, dass ich ohne lange zu zögern bereit war, mein momentanes Glück aufs Spiel zu setzten, und was noch viel schlimmer war, meine eigenen Moralvorstellungen einfach auszustellen. Plötzlich war ich bereit gewesen, zu meinen Gunsten ein Entwicklungsland um nicht ohne Sinn erhobene Steuern zu bringen. Ein Knopfdruck genügte scheinbar. Die berühmte Brille mit den Dollar- Zeichen, die uns die Sicht auf wesentliches zu nehmen scheint. Bis zu diesem Zeitpunkt gab es kaum eine Eigenschaft am Menschen, die ich mehr verabscheute.

Im Prinzip war ich kein Stück besser als jeder korrupte Politiker, jeder multinationale Großkonzern und letztlich musste ich mich diesbezüglich sogar mit *Raj* und seinen Räubern auf eine Stufe stellen. Und dabei hatte ich es nicht einmal nötig.

Das Gefühl einer existenziellen Geldnot, was der großen Masse in diesem Land ein ständiger Lebensgefährte war, hatte ich doch noch nie zu spüren bekommen. Nicht einmal ansatzweise. Natürlich hätte ich bei Gelingen der Aktion niemandem direkten Schaden zugefügt, dennoch muss man sich vor Augen führen, was ich bereit war zu riskieren, um mit minimalem Aufwand großen Profit zu machen.

War Steuerhinterziehung wirklich das Äußerste, oder war ich gar zu mehr fähig? Ein beängstigender Gedanke. Hatte ich nicht drei Monate an einem Ort gelebt, wo genau diese verabscheuungswürdigen, unheilvollen Eigenschaften des Menschen und deren für das Wohlergehen dieser Welt unbedingt notwendige Entsagung ständig gepredigt wurden? „Ein Ort," wie es Sri Aurobindo, ein großer Gelehrter und Yogi des 20. Jahrhunderts, wörtlich beschreibt, „den keine Nation als ihr Eigentum beanspruchen kann, ein Platz, an dem alle gutwilligen Menschen, ehrlich in ihrem Bestreben, frei als Bürger der Welt leben können. Ein Platz des Friedens, der Eintracht, der Harmonie, wo alle kämpferischen Instinkte des Menschen ausschließlich dazu benützt würden, die Ursachen seines Leidens und Elends zu bewältigen, seine Schwächen und sein Unwissen zu überwinden, über seine Grenzen und Unfähigkeiten zu triumphieren. Ein Platz, an dem die spirituellen Bedürfnisse und die Sorge um Fortschritt Vorrang hätten vor der Befriedigung von Verlangen und Leidenschaft, dem Suchen nach materiellem Vergnügen und Genuss. An diesem Platz wäre Geld nicht mehr der unumschränkte Herrscher.

Individueller Wert hätte größere Bedeutung als der Wert, der aus materiellem Reichtum und sozialer Stellung kommt!"

Doch auch an besagtem Ort, da es sich um Menschen handelt, die ihn besiedeln, existieren Hass und Gewalt, existieren Gier und Machtansprüche, existiert Neid. Dennoch bleibt die Tatsache ungeschmälert stehen, dass ich der ersten ernsthaften, wenn auch nicht gerade kleinen Versuchung unterlegen war. Der Versuchung, ohne großen körperlichen oder zeitlichen Aufwand, sehr viel Geld zu machen.

Eine knallharte Erkenntnis, wenn man plötzlich feststellt, dass man nicht im Stande ist, seine eigenen Ideale, wenn nötig, in die Tat umzusetzen oder zumindest zu vertreten. Das es nichts weiter als einer materiellen Verlockung bedarf, um seiner selbst dermaßen untreu zu werden. Aber es ist eine Erkenntnis, und eine sehr wichtige dazu.
Täglich sterben Menschen, werden Unschuldige unterdrückt, Systeme hintergangen, zerbrechen Familien und jahrelange Freundschaften. Die Armen werden ärmer und einige Wenige reicher und reicher. Regenwälder werden abgeholzt, Flüsse und Meere verseucht. Am Anfang einer jeder Kausalkette steht ein ähnliches Motiv: Gier nach Macht und Geld, die jedem Menschen in die Wiege gelegt und zugleich unser gefährlichster Feind ist, da am Ende stets wir selbst die Leidtragenden sind. Ich möchte ihn an dieser stelle Mephisto nennen, weil Jürgen oder Günther mir zu neutral erscheint. Er kann sehr stark werden, ist aber alles andere als unbesiegbar. Es gibt andere Mächte mit weitaus mehr Potenzial, die ebenfalls in jedem von uns zu Hause sind.
Vielleicht ist genau darin das Gute der Geschichte zu finden, und vielleicht musste es in dieser Härte sein, um mir ein für alle mal die Augen zu öffnen. Der Moment hätte jedenfalls nicht günstiger sein können.

Man sagte mir, dass jenes Land für jeden eine Botschaft bereithält. Man sagte mir, Indien öffnet dir die Augen, was auch immer das für den Einzelnen bedeuten sollte. In meinem Fall hatte es dies in einer unverschämten Deutlichkeit getan.

Per Hochdruckreiniger war mir das noch immer hinter meinen Ohren wuchernde Grünzeug zu großen Teilen entfernt worden. Schmerzhaft, aber effektiv.

Vielleicht ist in gewissem Maße jedem Individuum, wenn auch nicht in einer solch verschärften Version, eine derartige Erfahrung zu wünschen, um sich bewusst zu werden, dass unter allen guten Absichten und Idealen auch etwas anderes schlummert, was sehr mächtig werden kann und durch uns handelt, wenn wir nicht stark genug sind, es ein für allemal zu verbannen.

Nicht zum ersten Mal hatte ich Bekanntschaft mit jenen Kräften gemacht, die man am liebsten ignorieren würde.

Vor einigen Jahren hatte ich, meiner eigentlich bestehenden absoluten Abneigung gegenüber solcher Perversion aus irgendeinem Grund zuwiderhandelnd, in einem kleinen spanischen Dorf einen Stierkampf miterlebt. Nachdem der Erste von sechs Kadavern unter stürmischem Jubel aus der Arena gezerrt wurde, und die frisch abgetrennte Zunge des wehrlosen Opfers der johlenden Menge präsentiert wurde, wäre ich beinah selbst zum Wiederkäuer geworden. Nach dem zweiten Stier hatte ich bei weitem genug gesehen und wollte aufstehen. Als jedoch die Trompeten den Todeskampf des dritten Stiers einläuteten und der nächste Matador den mittlerweile blutverschmierten Platz betrat, saß ich immer noch auf meinem Platz und fieberte fast dem finalen Stoß zwischen die Rückenmuskeln des gewaltigen, vor Wut und Erschöpfung schnaubenden Tieres entgegen.

Als ich mich schließlich lösen konnte, war ich vollkommen schockiert über diesen offensichtlichen Blutrausch, den ich gerade erfahren hatte. Es hatte sich etwas in mir geregt, was mir zutiefst zu wider war.

Noch lange danach hatte ich damit zu kämpfen, mir diesen Teil der menschlichen Natur einzugestehen. Noch lange sah ich das Leuchten in den Augen des kleinen Jungen, der in der Arena neben mir saß, vor mir.

Wie er völlig aufgebracht zu seinem Vater sagte: „Papa, ich kann jetzt nicht aufs Klo, gleich wird er umgebracht!"

Was für einen Sinn macht es, am Morgen dem Ruf des *Muezzins* zu folgen, um sich im Kollektiv vor Allah zu verneigen, wenn man den Rest des Tages nicht in der Lage ist, den Blick auf sein eigenes Handeln zu richten?
Habt ihr auch nur einen Bruchteil dessen verstanden, was der werte Herr Prophet euch eigentlich sagen wollte?
Behaupten wir nicht immer in aller Überheblichkeit, uns durch die Fähigkeit der Selbstreflexion vom Tier abzuheben?
Traue niemandem außer dir selbst. Dir selbst?

Ein buddhistisches Sprichwort sagt: "Es ist dein Geist, der Dir Steine in den Weg räumt, und dein Geist ist es auch, der Wege öffnet."
Ich möchte hinzufügen: "Dein Handeln, wird ausschließlich von deinem Geist gelenkt, aber jener ist beeinflussbar."
Durch welche Motivation auch immer getrieben, ob bewusst oder unterbewusst, ob aus freiem Willen oder gezwungen, man selbst stellt die Weichen. Ich hatte mich in einem Moment des Übermuts für diesen Weg entschieden, und somit eine Kreuzung verlassen, von der aus unzählige andere Abzweigungen möglich gewesen wären.

Hätte ich eine andere Richtung gewählt, wäre in Gokarna geblieben, um schließlich meine Reise gen Norden fortzusetzen, wäre ich vielleicht an Malaria erkrankt, oder in Bihar, dem ärmsten aller Bundesstaaten, auf irgendeiner Nachtbusfahrt, verschuldet durch den sich mittels Drogen wach haltenden Busfahrer, still und heimlich im Straßengraben verendet.

Unglücke dieser Art, ereignen sich gerade in den nordöstlichen Staaten täglich, ohne dass die Außenwelt etwas davon erfährt, wenn die Opferzahl nicht gerade im vierstelligen Bereich rangiert, oder mehr als eine Hand voll Westler beteiligt sind. Vielleicht zum Glück, werde ich nie erfahren, was geschehen wäre wenn...

„Ohne Werte wird der Kapitalismus nicht überleben.“

-Amartya Sen, indischer Ökonom und Philosoph-

Epilog

Dieser Tatsachenroman entspricht zu 98% der Wahrheit. Weder die Namen der darin vorkommenden Personen, sollten es denn ihre echten Namen sein, noch die Schauplätze wurden geändert. Lediglich Dialoge und gedankliche Ausschweife konnten nicht in Gänze reproduziert werden. Die Geschichte ereignete sich im Januar 2006. Wie beschrieben, der in etwa am meisten geeignete Monat, um den unweigerlich eintretenden Kulturschock bei der Rückkehr zu potenzieren.

Glücklicherweise gelang es mir recht schnell, den anfänglichen Schock zu dämpfen, heimische Gefilde wieder als solche zu schätzen und mit einem gewissen Abstand auf die Ereignisse zu blicken.
Es stellte sich mir alsbald die Frage, was ich aus dieser Position heraus zu Tun im Stande wäre, auch um weiteren Geschichten dieser Art, die sich zweifelsohne tagtäglich in diesem, oder anderen Ländern ereigneten, entgegenzuwirken. Der rechtliche Weg war ausgeschlossen. Wie schon erwähnt, ist es einem Einzelnen wohl unmöglich, organisiertes Verbrechen zu bekämpfen. Zudem befand ich mich selbst in einer rechtlich nicht allzu stabilen Position.
Nachdem ich bereits während der Geschehnisse das Vorfallende als filmreif empfunden hatte, und es ohnehin keine bessere Art der Verarbeitung gibt als zu schreiben, begann ich, das Erlebte in Worte zu fassen.

Der Leser hat also deshalb an vielerlei intimer Gedanken teil, weil es sich bei dem Verfassten um eine Beschleunigung des noch immer im Gang befindlichen Heilungsprozesses einer gewaltigen Wunde handelt.
Im Laufe der Zeit festigte sich der Gedanke, die Geschichte einer interessierten, und möglichst breiten Öffentlichkeit zugänglich zu machen. Dies hatte für mich verschiedene Gründe.

Das Buch ist einerseits als Warnung zu verstehen, die ein wenig über die knappen, und gern überlesenen Boxtexte in Reiseführern hinausgeht, und mit der persönlichen Note versehen, ausdrücken möchte, dass die Boxtexte durchaus ihre Berechtigung haben und jeden von uns etwas angehen. Jeder ist in gewissen Situationen gewissen Gefahren ausgesetzt, wenn es auch an jedem Einzelnen liegt, inwieweit man sich in die Situation fallen lässt und sich somit erst der Gefahr aussetzt. Egal wie viel Background-Informationen man auch haben mag, man kommt doch ahnungslos und ohne Schutzschild in der Fremde an und wird dementsprechend wahrgenommen. Letztlich liegt es wohl an jedem selbst, sich entweder ein solches Schutzschild aufzubauen, oder sich durch Offenheit, Unbekümmertheit und letztlich Verwundbarkeit seine soziale Umwelt zu erschließen.

In Zeiten, in denen Fernreisen etwas völlig normales geworden sind, und gerade in meiner Generation auf bodenlose Begeisterung stoßen, werden auch die Systeme derjenigen stetig ausgeklügelter, die sich berechtigter Weise auch ein Stück von diesem Kuchen versprechen.

Man sollte sich jedenfalls stets die Frage stellen, was sein Auftreten in dem jeweiligen Land bewirkt. Auch als Tourist hat man Verantwortung, die sich allerdings wunderbar vergessen lässt. Leider fallen die Assoziationen mit weißer Haut oft sehr eingeschränkt aus, was zu verübeln anmaßend wäre. Egal in welcher Weise und auch völlig egal wie lange man sich als Westler in einem Land der dritten Welt aufhält, man wird immer ein zu beneidender Gast bleiben, weil uns die Tür in eine Welt, in der Staat für und nicht gegen den Bürger arbeitet, und man niemals um seine bloße Existenz zu bangen hat, stets offen bleibt.

Natürlich kann jeder Einzelne von uns, so er denn gewillt ist, viel Gutes transportieren, aber volkswirtschaftlich ist wohl in den meisten Fällen noch immer kein schöneres Wort als Ausbeutung für das Verhältnis zwischen Industrienationen und der dritten Welt angebracht. In meinem Fall lief es ausnahmsweise mal andersherum.

Vielerlei für uns glückliche Umstände haben dazu geführt, dass die westliche Welt heute dermaßen weit voraus ist; allerdings zeigt Raj in aller Deutlichkeit, dass es in Indien, stellvertretend für dutzende Entwicklungsländer, eine gewisse Schicht gibt, die über die lähmende Lethargie der Armut längst hinweg ist und in Sachen Einfallsreichtum in keinster Weise zurücksteht.

Vielmehr wachsen Generationen heran, die schon bald zum großen Teil auf ein ähnliches Maß an Bildung zurückgreifen können werden, und mit ganz anderer Motivation als wir, die wir ja schon alles haben, für ihren Wohlstand kämpfen.

Die Welt ist einem raschen Wandel unterworfen und mit Indien, dem Land, in dem jährlich 100.000 hoch engagierte, fleißige junge Menschen englischsprachige Ingenieursstudiengänge abschließen, ist in den nächsten Jahren definitiv als potenzielle Wirtschaftsgroßmacht zu rechnen. Indien ist nämlich auch keineswegs ein armes Land, nur leben eine halbe Milliarde Menschen dort weit unter der Armutsgrenze. Und es werden täglich mehr.

Eines der großen Hindernisse des Aufschwungs stellt zudem die fatale Abhängigkeit von ausländischen Konzernen dar. Wer die Wahl hat, bei *Tata* motors sein Geld zu verdienen, oder für ein Vielfaches an Gehalt bei BMW an den neuesten Motoren zu schrauben, und dabei nicht mal 20 Minuten länger zur Arbeit fahren muss, dem fällt die Entscheidung wohl nicht allzu schwer. Außerdem wird ein Großteil des Gewinns, den indische Konzerne erwirtschaften, sicher als harte Dollars im Ausland ausgegeben, statt im Land zu bleiben. So liegt Amman wahrscheinlich längst in Australien am Strand, während Raj die Schweizer Frauen mit seinem Schmuck beeindruckt.

Auch hier steht er stellvertretend für jenen sicher nicht allzu seltenen Schlag, der es versteht, äußerst profitabel am System vorbei zu wirtschaften.

Wenn es dem Land jedoch gelingen würde, die gewaltigen internen Probleme langfristig in den Griff zu bekommen, es endlich begriffe, dass es sich lohnt, eine nachhaltige Politik zu betreiben und versuchte, sich volkswirtschaftlich auf eigene Füße zu stellen, würden schon bald wir Diejenigen sein, die nach Strich und Faden verarscht werden könnten.
Auch hier geht Raj mit eindrucksvollem Beispiel voran, womit ich nicht sagen will, dass ein Land solche Männer braucht, um Aufschwung zu erfahren!
Fakt ist, dass viele dieser Verbrechen ohne uns, die wir uns die Welt zu einem Dorf zu machen gedenken, erst gar nicht ausgedacht worden wären.

Trotzdem, auch auf die Gefahr hin ambivalent zu klingen, ist es mir ein weiteres, besonderes Anliegen, dem Leser den winzigen mir bekannten Ausschnitt eines über alle Maßen beeindruckenden Landes näher zu bringen, welches in seiner Komplexität und Tiefe vielleicht einzigartig ist.
Ich habe mich an mancher Stelle an einer Analyse von Verhaltensweisen und Gesellschaftsstrukturen versucht, die allerdings stets absolut subjektiv ist, und keinen Anspruch auf Gültigkeit erhebt. Zu behaupten, ich hätte Indien verstanden wäre ebenso anmaßend wie unglaubwürdig.
Ich habe vielmehr erst gegen Ende meines Aufenthalts das Gefühl gehabt, mich dem mächtigen Mysterium an einigen Stellen anzunähern.
Bis ich auch hier eines Besseren belehrt wurde. Definitiv einer von vielen Gründen, warum dies, weiß *Brahma*, nicht der einzige Indienaufenthalt meines Lebens gewesen sein wird.

Letztlich hoffe ich dass die Geschichte, ganz unabhängig davon, dass sie leider den Tatsachen entspricht, sich lesen lässt wie ein spannender Roman, an der einen oder anderen Stelle das Fernweh schürt und hilft, sich auf ein raffiniertes, bezauberndes und unberechenbares Land einzustellen.
Reisen bildet, auf die eine oder andere Weise.

Mein Dank gilt Allen, die mich auf dem Weg zur Verwirklichung dieses Projektes aktiv, etwa durch Lektorat, oder durch ihre bloße Präsenz in einer schweren Zeit unterstützt haben.
Ganz speziell möchte ich mich dafür bedanken, dass ich mit der Idee, ein Buch über diese bittere Erfahrung zu schreiben, überhaupt ernst genommen wurde!
Außerdem danke ich allen Indienreisenden, die mir im Nachhinein in wertvollen Dialogen immer wieder Inspirationen geliefert haben und zum weiteren Reflektieren angeregt haben.

Wien, Frühling 2007

Glossar

Allah akbar – Gott ist groß (arabisch)
Alu Gobi – Kartoffel und Blumenkohl- Curry
Amma- Tamil für Mutter, Haushälterin
Ambassador – Omnipräsenter PKW von Hindustan Motors
Banjanbaum – Ficus religiosa (Würgefeige)
Bedee – Zur Zigarette gerolltes Tabakblatt
Bollywood – Filmindustrie Bombays (größte der Welt)
Brahma – Personifiziertes Prinzip der Schöpfung
Cannada – Offizielle Sprache im Bundesstaat Karnataka
Chai – Gewürzter Schwarztee und viel Milch und Zucker
Chapati – Volkornfladenbrot
Cutties – Kokosnussmesser, machetenähnlich
Dhaba – einfaches Lokal
Dhal – Linsengericht
Djellabah – luftiges Gewand (arabisch)
Dosai – knusoriger Pfannkuchen aus Reismehl
Drawidisch – Urindische Kultur und Sprachfamilie
Ganesh – Glücksgott, Beschützer mit Elefantenkopf
Gopura – Torturm, Eingang in Tempelanlage (Südindien)
Guru – Sanskrit "gewichtig", Spiritueller Lehrer
Hanuman – Helfer, Retter, als Affe manifestierte Gottheit
Lungi – Tuch, von Männern als Rock getragen
Mahabarata – großes hinduistisches Epos
Malayalam – Offizielle Sprache im Bundesstaat Kerala
Masala – je nach Region untersch. Gewürzmischung
Minarett – Turm der Moschee
Muezzin – Ausrufer, der auf Minarett zum Gebet ruft
Naan – Fladenbrot aus gesäuertem Teig
Namaste – " Ich verneige mich vor dem Göttlichen in Dir"
Om – transzendenter Urklang, heilige Silbe des Sanskrit
Osho – Urheber der Neo- Sanyan Bewegung
Paneer – Frischkäse
Paratha – Fritiertes Vollkornfladenbrot
Raj – oder Raja, Sanskrit für König, Herrscher
Rikscha – Meit dreirädriges, als Taxi genutztes Vehikel

Rikshawallah – Fahrer des Vehikels
Sadhu – Sanskrit „Guter", asketisch lebender Mönch
Samosa – Unterschiedlich gefüllte Teigtaschen
Saraswati – altes Flusstal in der heutigen Wüste Thar
Saree – 6 m langes Tuch, zum Kleid gewickelt
Shiva – Sanskrit „Der Gütige", Zerstörer
Shiks – Im Punjab um 1500 entstandene Religion
Sithar- Zupfinstrument mit 2-4 Saiten
Sound Horn – Schrille, häufig genutzte Hupe der Trucks
Tabla – traditionell nordindische Trommel
Tamil – Ofiizielle Sprache im Bundesstaat Tamil Nadu
Tata – Größte Unternehmensgruppe Indiens
Thali – Auf Bananenblatt serviertes Reisgericht
Vaisya – Angehöriger der Kaste der Kaufleute
Wadi – Trockental, ehemaliger Flusslauf
1984 – Roman von George Orwell

Kontakt:
christopherpoeplau@gmx.net
www.auroville.org.in

Literatur:
„Bombay- Maximum City", Suketu Mehta
Bhaghavad-Gita, Sri Srimad A.C. Swami Prabhupada